Zur Autorin:
**Karla Haertel** 1948 in Brandenburg an der Havel geboren.
Sie absolvierte ein Studium als Grundschullehrerin in Kyritz.
Mit ihrer Familie lebt sie in Kloster Lehnin. Seit einigen Jahren ist
sie im Vorruhestand und widmet sich dem Schreiben.
Bisherige Veröffentlichungen:
2008 „Abenteuer auf der ATLANTIS" erschienen im Verlag:
Books on Demand GmbH Norderstedt.
2008 Geschichte „Ein ungewöhnlicher Tag" in einer Anthologie
des August von Goethe Literaturverlags, Frankfurt am Main

Zum Autor:
**Manfred Haertel** ist 1945 in Brandenburg an der Havel geboren.
Er ist mit Karla Haertel verheiratet und Vater ihrer drei Kinder.
Im Stahl-und Walzwerk Brandenburg erlernte er den Beruf Profil-
walzer mit gleichzeitigem Erwerb des Abiturs.
1966 bis 1970 Diplomlehrerstudium an der Pädagogischen
Hochschule in Magdeburg.
Von 1970 bis 1985 arbeitete er als Lehrer am Jugendwerkhof
Lehnin.
Von 1985 bis 1986 war er Honorardozent an einer kirchlichen
Einrichtung. Von 1986 bis 1989 unterrichtete er an der Polytech-
nischen Oberschule in Damsdorf.
Wegen politischer Auseinandersetzungen verließ er 1989 per
Ausreiseantrag mit seiner Familie die DDR und siedelte in die
BRD über. 1991 kehrte er mit Ehefrau und Sohn nach Lehnin
zurück und übernahm als Schulleiter die Realschule in Damsdorf.
2007 ging er in den Vorruhestand.
Bisherige Veröffentlichungen:
Zwei Kurzgeschichten (Evangelische Verlagsanstalt Berlin, St.-
Benno-Verlag Leipzig)
Die DEFA und das ZDF drehten 1991 nach seiner Erzählung den
Spielfilm „Jana und Jan"
2002 erschien Band 1 der Werkhoftrilogie: „Verflucht, gehaßt und
abgeschoben"
2004 erschien Band 2: „Ich möcht' mal in die Sonne spucken"
(beide im Verlag: edition belletriste Berlin)

Die Deutsche Nationalbibliothek verzeichnet diese Publikation in
der Deutschen Nationalbibliothek, bibliografische Daten sind im
Internet unter http://dnb.d-nb.de abrufbar.

Manfred Haertel und Karla Haertel

# *Schräge Weihnachten*

## Heitere und besinnliche Weihnachtsgeschichten

Hallo Oma, Opa

Ich wünse euch
eine Söne

Betheerung!

Karla Haertel

## *Plätzchen backen nach „ Rehzäpt"*

Kiara schlägt wütend mit einem Sofakissen auf ihre ältere Schwester ein und schimpft: „Ich hab´ dir schon tausendmal gesagt, du sollst meinen Hamster nicht einfach aus dem Käfig nehmen! Das ist MEINER! Kannst du dir das nicht endlich mal merken, du olle Zicke?" „Hab ich gar nicht gemacht", antwortet Jenny mit einem schelmischen Grinsen. „Doch!" keifert Kiara weiter. „Ich hab das Stroh in deinem Bett geseh´n. Du lügst! Du lügst!" Wieder batscht sie wie besessen das Kissen in Jennys Gesicht, bis es plötzlich peng macht. Beide reißen die Augen auf. Kiara hatte mit dem Kissen das Adventgesteck auf dem Tisch gestreift. Und nun ist eine rote Kugel quer durchs Zimmer geschossen und am Fernsehschrank zerplatzt. Lauter kleine Glitzerpünktchen in Rot und Silber zieren jetzt den Fußboden. „Du bist schuld", schreit Kiara im Jammerton. „Das werde ich Mutti sagen." „Nein, bin ich nicht", entgegnet Jenny in weichem, versöhnlichem Ton. Jenny legt ihren Arm um Kiaras Schulter und fragt sie aufmunternd: „Was hältst du davon, wenn wir Plätzchen backen?" „Was? Wir ganz alleine? Wir haben doch kein Rezept", gibt Kiara zu bedenken und ist dennoch vom Vorschlag hellauf begeistert. Schon sind beide auf dem Weg in die Küche.

Während Jenny ihren Papa telefonisch fragt, ob sie beide Plätzchen backen dürfen, holt Kiara ein Ei aus dem Kühlschrank und schlägt es gekonnt in eine Tasse. „Wir dürfen", verkündigt Jenny jubelnd. „Bloß mit dem Einschalten der Backröhre müssen wir noch warten, bis Papa hier ist. Was machst du da eigentlich?" fragt sie die Schwester, die bereits tüchtig mit den Vorbereitungen beschäftigt ist. Kiara erklärt stolz und selbstsicher: „Na wir brauchen doch ein Ei!". „Ich weiß das doch noch vom Plätzchenbacken mit Oma", fügt sie eilig hinzu und deutet ziemlich resolut an, dass sie wie so oft der Chef sein will.

Die elfjährige Jenny hat indessen den Stuhl an den Küchen-schrank geschoben, klettert hinauf und sucht bei den Lebensmit-teln. Kiara kommt ihr zuvor. Sie schwingt sich bäuchlings über die Küchenarbeitsplatte, stemmt sich mit den Armen hoch, dreht sich geschickt und landet mit dem Po auf der Platte. Auf dieser rutscht sie bis zum Schrank und nimmt daraus eine Dose mit Zucker. „Zucker, Backpulver ... und was brauchen wir noch?" fragt Jenny die um zwei Jahre jüngere Schwester. „Was hat Oma noch ge-nommen?" Kiara schüttet den Zucker zu dem Ei in die Tasse und antwortet: „Na eine Schüssel! Gib mir mal eine Schüssel!" Jenny reicht ihr eine Schüssel und kramt den Mixer hervor. Kiara steckt indes schon mal den Finger in das Zuckerei und leckt ihn genüss-lich ab. „Mutti wird sich freuen, wenn sie von ihrer Weihnachts-feier zurückkommt und wir schöne Plätzchen gebacken haben", sagt sie mit schmatzendem Mund und leuchtenden Augen. Der Inhalt der Tasse wird von ihr in die Schüssel geplatscht, so dass ihr ein wenig über das Hosenbein spritzt. Lässig wischt sie es breit.

Jenny hat derweil Sorgenfalten im Gesicht und sucht weiter im Schrank. Schließlich nimmt sie entschlossen den Telefonhörer. „Hallo Oma! Kannst du uns mal sagen, wie man Plätzchen backt?" „Na, seid ihr denn ganz alleine zu Hause?" wundert Oma sich. „Ja, aber wir dürfen das. Papa hat es erlaubt", versichert Jenny. Oma blättert bereits im Backbuch und weist dann an: „Schreib auf, was ich euch jetzt durchsage! Ich gebe euch das Rezept für Knetteig." „Ein Ei haben wir schon! Mit Zucker!" ruft Kiara von der Küchenplatte herunter, wo sie auf Knien rutschend bemüht ist, die Steckdose für den Mixer zu erreichen. Jenny, voll konzentriert auf Omas Stimme, schreibt:
Rehzäpt
250 g Magariene, 200 g Zucker, 3-4 Eier, 400 g Meel . . .
(Oma gibt noch einige Hinweise zum Umgang mit der Waage und dem Mixer.)

Jenny betrachtet zufrieden das Rezept. Irgendwie muss sie es noch abrunden und schreibt: Guten Apetitt! Oder heißt es Appe-tiiit? überlegt sie.

Laut schnarrt plötzlich der Mixer, und sie zuckt zusammen. Lacht jedoch im nächsten Moment herzhaft auf, denn Kiara ist besprenkelt von vielen gelben Sommersprossen im Gesicht und in den Haaren. Jenny studiert noch einmal Omas Rezept. „Wir brauchen Mehl!" ruft sie laut und sucht wieder im Schrank, wieder und wieder. „Mach mal aus, Kiara! Wir haben kein Mehl! Weißt du nicht, wo wir unser Mehl haben?" Beflissen rutscht die kleine Schwester auf den Pobacken die Arbeitsplatte entlang bis hin zum Schrank. Wieder kniend unterstützt sie Jenny bei der Suche, bis sie ein längliches Päckchen in der Hand hält und darauf liest: „Paaaniermeeehl." Jenny guckt skeptisch, nimmt das Päckchen und sieht hinein. „Das können wir nicht nehmen. So sieht doch kein Mehl aus." Beide sehen betreten in den Schrank, wo sie alle Tüten und Dosen mehrere Male hin und her gerückt hatten. Kurz entschlossen schüttet Kiara das Paniermehl in die Teigschüssel. Sie braucht nun noch zwei Eier und unternimmt eine Rutschpartie nach rechts hin zum Kühlschrank. Um ihn zu öffnen, muss sie ein wenig um die Ecke greifen. Das gelingt ihr gut. Als sie jedoch zwei Eier mit einem Mal greift, klatscht eins auf die Erde. Etwas betrübt nehmen beide Kinder das zerlaufene, glibberige Ei auf der Erde wahr. Kiara schlägt das andere Ei in ihre Schüssel und mixt weiter. Und das mit wahrer Begeisterung. „Die Hauptsache, es schmeckt!" ruft sie fröhlich. Jenny schaltet ihr kurzerhand den Mixer aus, und beide stecken ihren Finger in die Schüssel. „Mmmm! Schmeckt!" stellen sie fest. „Aber das sieht aus wie Suppe", bemerkt Jenny enttäuscht und hat einen Blitzgedanken: „Warte mal, ich hab da noch was gesehen im Schrank, was wie Mehl aussah. Aber da steht Kartoffelstärke drauf." Sie greift nach einem weiteren Päckchen, faltet die Ränder der inneren Papierauskleidung auseinander, und beide sehen neugierig hinein. Kiara piekt mit ihrem angeleckten, rechten, gestreckten Zeigefinger tief in das Stärkemehl, um eine Kostprobe zu nehmen. Da rutscht die Packung aus Jennys Hand, schlägt kurz auf die Arbeitsplatte auf und landet auf der Erde. Das verstreute weiße Pulver bietet echt einen winterlichen Anblick. „Wie Schnee!" jucht Kiara. Sie rutscht mit ihrem Podex samt Schüssel vorsichtig zur Seite, um der Schweinerei etwas auszuweichen und kommt dabei auf das Cerran-Kochfeld zu sitzen. „He, wir müssen das jetzt sauber machen!" schimpft Jenny nun wütend. „Du musst das sauber machen!" stößt sie ihren Zeigefinger gegen Kiaras Brust. Kiara reißt rhythmisch abwechselnd ihre Arme nach oben in die Luft und singt: „So viel Heimlichkeit in der Weihnachtszeit. In der Küche riecht es lecker, EKLIG wie beim Zuckerbäcker." Dabei lacht sie noch ohrenbetäubend. „Du dumme Kuh!" fährt Jenny sie an. Ihre Geduld ist ausgereizt: „Das heißt ÄHNLICH!!! Blödes Kinderlied!" Und sie greift kurzerhand zwischen Kiaras Beine, um eine Platte des Kochfeldes einzuschalten. „Bist du blöd?" kreischt Kiara. Entsetzt fasst sie sich an die Pobacke, um deren Temperatur zu kontrollieren, rutscht schnell vom Kochfeld und sitzt nun direkt im Mehl. Jenny dreht den Schalter zurück.

Kiara macht sich nun daran, das schneeweiße Stärkepulver auf der Arbeitsplatte, das sich noch greifen lässt, mit beiden Händen zusammenzuschieben und in die Schüssel zu befördern. Ebenso trägt Jenny nun den kleinen weißen Hügel auf der Erde ab. Kiara patscht mit beiden Händen in die Schüssel und freut sich: „Jetzt kann man es kneten. Jetzt wird es richtiger Teig!" Jenny lässt sich den Spaß am Kneten auch nicht entgehen, und bald formt jeder einen faustgroßen Ball. Selbst wenn man hier und da rein-beißt, lässt sich dieser wieder schön rund machen. „Ein Schnee-ball! Ein Schneeball!" jubelt Kiara. „Soll ich?" Sie täuscht das Werfen eines Schneeballs vor. Jenny tut es ihr gleich. Kiara rutscht mit dem Po von der Arbeitsplatte herunter und baut sich mit ihrem teigigen Schneeball vor Jenny auf. „Ich werfe jetzt!" sagt sie. „Machst du nicht!" lacht Jenny. Beide springen in der Küche herum, ungeachtet der Zutaten, die sich inzwischen auf dem Fußboden angesammelt haben. In der Weihnachtsbäckerei ist nun richtig Action, so dass Chico, der Golden Retriever des Hauses, seinen Schlafplatz auf dem Flur verlässt und neugierig in die Küche schaut. Vor seiner Nase  wirbelt Kiara wild mit dem Arm ihren gedachten Schneeball herum. Und plötzlich – sie weiß gar nicht richtig, wie es passieren konnte – vollführt die Teigkugel einen vortrefflichen Bogenflug, und schnapp – ist sie von Chico verschlungen. Kiara ist baff. Jenny hält die Luft an. Chico leckt sich mit der Zunge über die Schnauze. Er wendet sich Jenny zu und wartet auf die Fortführung der Schneeballschlacht. Vortreff-lich bettelt er mit seinen sanften Augen und sieht dabei so er-bärmlich hungrig aus. „Nein!" sagt Jenny fest entschlossen zu dem Hund: „Meinen kriegst du nicht!" Dann brechen beide Kinder in herzhaftes, entspannendes Lachen aus. „Komm, wir teilen uns meinen Kloß, den essen wir jetzt beide auf", schlägt Jenny versöhnlich vor. „Das Backen lohnt sich nun nicht mehr." Derweil pflügt Chico mit seiner Nase durch das weiße Mehl auf dem Boden und schlabbert das rohe Ei. „Los! Raus hier!" drängt ihn Jenny und bugsiert ihn mit den Knien aus der Küche. Kiara findet das sehr unklug. „Lass den doch! Der leckt alles sauber!" „Mach du mal jetzt die kaputte Kugel im Wohnzimmer weg!" befiehlt Jenny ihrer Schwester. Diese nimmt brav den Handfeger und fegt die Scherben auf die Schippe. Als sie damit auf den Flur kommt, hatte Chico sich, beleidigt wegen des Rausschmisses, wieder flach auf seine Schlafdecke gelegt. Nur einen Augenaufschlag widmet er Kiara. Die bricht mal wieder in grässlich lautes Gelächter aus und redet auf den Hund ein: „He! Wie siehst denn du aus? Du hast ja eine weiße Nase! Jenny komm mal her! Guck dir den an! Der alte Chico! Der ist der Wolf von den sieben Geißlein! Nein, Chico ist ein Weihnachtshund!" Indem schüttet sie die Glitzerscherben der Weihnachtskugel auf den Hunderücken. Jenny kommt hinzu und kann sich auch nur noch köstlich amüsieren. „Warte mal!" sagt sie und nimmt die rote Nikolauszipfelmütze vom letzten Weihnachtsmarktbesuch aus dem Schubfach der Garderobe. Die lässt Chico sich geduldig auf den Kopf setzen. Gelegentlich angezogen zu werden, ist für ihn nicht neu. Und so lässt er alles mit sich geschehen. Kiaras Idee, ihn noch ein bisschen mit Lametta zu schmücken, findet Jenny prima. Zum Weihnachtshund ausstaffiert streckt sich Chico behaglich aus und schließt wieder die Augen.

Plötzlich hebt er seinen Kopf und horcht in Richtung Haustür. Schnuppernd geht seine weiß gepuderte Schnauze an der Türritze entlang. Freudig wackelt er mit dem Hinterteil, so dass die Zipfelmütze lustig hin und her wippt. Sein Rückenfell glitzert so schön weihnachtlich. Die Kinder wissen Bescheid. Papa kommt! Weil sie sich etwas im Zweifel sind, dass ihr von der Arbeit abgespannter Vater den lamettabehangenen Chico auch lustig findet, laufen sie schnell in eines ihrer Kinderzimmer.

Was Papa genau denkt beim Empfang durch seinen lustig aussehenden, schwanzwedelnden Weihnachtshund weiß man nicht. Jedenfalls folgt er den Spuren von Chicos Wolfspranken im

Schnee direkt in die Küche. Dann erschallt seine donnernde Stimme: „Kiara! Jenny! Kommt mal her! Was habt ihr denn hier angerichtet?" „Na, Plätzchen gebacken!" antworten die Kinder kleinlaut und mit Unschuldsmienen, dabei abwartend in der Tür stehend. „Plätzchen? Welche Plätzchen? Wo sind Plätzchen?" fragt er im strengen Tonfall und schaut entgeistert in die leere Backröhre. Eine Antwort bekommt er nicht. Dann mustert er seine Töchter mit finsterem Blick: „Ihr geht sofort unter die Dusche! Dalli!" Da er bald seine Frau erwartet, macht er sich flugs selbst an den aufwändigen Putz.

Kiara und Jenny sind leise und folgsam wie nie. Solange, bis Kiara in der Dusche die Seife aus der Hand rutscht, und Jenny das Seifenstück im Duschbecken mit den Füßen vor ihrem Zugriff hin und her schiebt. Wutentbrannt klatscht Kiara ihrer Schwester den Waschlappen über die Schulter. Die aber lacht gehässig. Kiara verlässt die Dusche und erspäht die Toilettenbürste als geeignete Waffe. Und dann . . . Aber das ist wieder eine andere Geschichte!

Karla Haertel

## *Himmelstor und Sterne*

Weihnachtsabend! Einsetzende Dämmerung. Langsam schweben dicke Schneeflocken hernieder. Feierlicher kann die Stimmung an diesem besonderen Abend nicht sein. Ich fühle mich gut, bin festlich und warm gekleidet und habe mich im Arm meines Mannes untergehakt. Wir betreten den Klosterkirchplatz. Die alten Mauern der umstehenden Gebäude des Zisterzienserklosters strahlen auf mich heute nicht nur ihren historischen Reiz aus. Sie haben etwas Feierliches, Ehrwürdiges, als wären sie nur für Weihnachten errichtet worden. Da ist rechterseits das Königshaus mit dem reich verzierten, gotischen Pfeilergiebel. In den spitzen Bogenfenstern spiegelt sich fantastisch das Licht des Platzes. Linkerseits geht mein Blick zu einem Torbogen. Im Märchen von Frau Holle führt das Tor in den Himmel. Und es schüttet Gold oder Pech auf Fleiß oder Faulheit. Aber nun ist es Schnee. Herrlich viel Schnee!

Für manche Leute führt der Weg durch das Tor tatsächlich „in den Himmel", geht es mir durch den Kopf. Dahinter, bei dem ehemaligen Refektorium, befindet sich ein Gebäude, in dem ein Hospiz untergebracht ist. Ein sehr schönes Gebäude. Ebenfalls ein Backsteinhaus, aber mit großen Fenstern und einem länglichen Balkon. Sanfte Lichter dringen aus den sternengeschmückten Fenstern. Was mag er jetzt gerade tun, unser Sohn Roman? Er leistet im Hospiz seinen Zivildienst, hat heute noch Dienst bis zwanzig Uhr.

Unser Weg führt uns am Cäcilienhaus vorbei. Mein Blick schweift hoch zu den kleinen, beleuchteten Rundbogenfenstern. Sie wirken hinter dem dichten Flockenwirbel für mich fantastisch und sehr romantisch, denn sie wecken in mir ein Kindheitsgefühl. Wenn ich verzückt vor meinem Adventkalender saß, dabei mich in die heile Welt eines weihnachtlichen Hauses hineinträumte und versuchte, hinter die kleinen Fensterchen und geheimnisvollen Türchen zu sehen, dann war mir ähnlich zumute wie jetzt.

An das längliche Gebäude schließt sich die Klosterkirche an. Von dem kleinen Türmchen, das als Dachreiter auf die sich kreuzenden Kirchenschiffe gesetzt ist, erklingen feierlich die Glocken. Sie ziehen mich wie ein verführerisches Lockmittel hinein in das warmgelbe Licht der Kirche. Aber heimelig ist es in ihr nicht, sondern bitterkalt. So, als wolle sie uns fühlen lassen, was die aufopferungsvollen Zisterziensermönche schon im Jahre 1180 für Entbehrungen auf sich nahmen. Die Kirche wirkt auf mich in ihrer schlichten Schönheit.

Entlang des Querschiffes werden seitwärts der zwei Sitzreihen festliche Tafelkerzen angezündet. Man kann sich einbilden, sie spenden Wärme. An ihnen bleibt auch mein Blick während des Gottesdienstes gefesselt, denn die Sicht zum Altar und zu dem spartanisch mit Strohsternen geschmückten Weihnachtsbaum dort ist mir verwehrt durch die vielen, vor mir sitzenden Menschen. Eine Orgel und ein Chor lassen die von den Besuchern gebrummelten Weihnachtslieder doch noch zu einem Genuss werden. Und ich spüre: Jetzt ist Weihnachten! Dann erzählt der Pfarrer die alte Weihnachtsgeschichte. Es ist mir dabei egal, welcher Stern den Hirten den Weg wies, ob Jesus im Jahre 0 oder im Jahre 7 vor Christus geboren wurde, ob sein Vater wirklich ein Gott war und wie er Maria unbefleckt schwängern konnte. Heute ist mir das egal. Ich möchte meine heile Welt genießen. Gerade jetzt — auch mein eigenes Weihnachtsmärchen.

Die Menschen erheben sich und strömen dicht gedrängt dem Ausgang zu. Mein Rücken schmerzt von der steilen Sitzhaltung, und meine Gliedmaßen sind von der Kälte etwas steif. Wir reihen uns ein und treffen am Ausgang auf freundliche Diakonissen. „Ihr Sohn macht sich ja sehr gut bei uns. Ein sehr netter Junge. Sie können stolz auf ihn sein. Frohe Weihnachten!" raunt uns mit gütigem Lächeln eine mit weißem Häubchen und schwarzem Mantel bekleidete Frau zu." „Wir sind es auch", erwidere ich und wünsche ihr ebenfalls: „Frohe Weihnachten!" Ich fühle, wie mein innerer Stolz meine feierliche Stimmung noch mehr hebt.

An einem Tischchen werden CDs verkauft. Wir schauen genauer hin. Ich lese: „Festliches Weihnachtskonzert aus der Klosterkirche." Das steht auf der Hülle, welche mit einem Bild von diesem sakralen Bau geschmückt ist. Das wäre doch noch ein nettes Weihnachtsgeschenk für unsere Töchter, kommt uns in den Sinn. Mein Mann sucht in seiner Tasche nach Geld, doch es reicht nicht ganz. „Lass uns ins Hospiz gehen", schlägt er vor, „wir borgen bei Roman." Also gehen wir nun doch noch durch das „Himmelstor." Ich hake mich wieder ein. Es schneit noch immer, und wir gehen wie auf weißer Watte.

Als ich die schwere Tür mit dem Logo LH, Luise - Henrietten - Stift öffne, bin ich ein bisschen schockiert darüber, gleich die große Tafel mit den vielen goldenen Sternchen zu erblicken, von der uns Roman erzählt hatte. Jedes Sternchen steht für einen verstorbenen Gast dieses Hauses. Somit wird mit dem Himmelssymbol ein Andenken an die Verstorbenen wach gehalten. Das ist eine gute Idee, finde ich und starre nachdenklich auf die Tafel. Wie bedeutend war einst ein solches Menschenleben? Und was ist geblieben? Ein kleines Sternchen ist geblieben! Weiter nichts? Ach ja, die Nachkommen, denn die Sternchen dürfen ja nie ausgehen. So wie am leuchtenden Sternenhimmel.

Wir steigen die Treppe hinauf, und mich erfasst plötzlich ein beklemmendes Gefühl. Was für ein Haus das ist! Ein Haus des Sterbens! Aber wie bin ich doch überrascht. Nichts Düsteres erwartet mich. Kein Hauch des Todes umgibt mich. Der lange, breite Flur ist hell erleuchtet und weihnachtlich geschmückt. Türen stehen offen. Etwas befangen bleiben wir stehen, um nach dem Personal Ausschau zu halten. In diesem Augenblick tritt unser Sohn aus dem Fahrstuhl und schiebt einen Verpflegungswagen vor sich her. Mit gedämpfter Stimme ruft er uns zu: „Habe jetzt keine Zeit! Ihr müsst noch warten!"

Ich löse mich nun aus meiner Erstarrung und gehe langsam den Flur entlang. Aus einem der offenen Zimmer klingt festliche Weihnachtsmusik. Aha, der Fernseher ist an. Viel mehr nehme ich nicht wahr, denn ich will nicht neugierig und aufdringlich hineinsehen. Als ich die Schlenderrichtung wieder ändere, ruft aus diesem Zimmer eine Frau: „Geh doch nicht wieder weg! Komm doch herein! Bitte, komm herein!" Diesen Wunsch kann ich nun nicht abschlagen. Ich gehe auf eine freundliche alte Frau zu, die in ihrem Bett liegt, gebe ihr die Hand und sage: „Ich wünsche ihnen ein frohes Weihnachtsfest." Ein auch im Alter noch immer hübsches Gesicht strahlt mich an. Aber sie sagt nichts. Ich muss ihr etwas erklären, denke ich und begründe mein Hiersein: „Ich will kurz meinen Jungen besuchen. Er arbeitet hier als Pfleger. Sie kennen ihn bestimmt, unseren Roman." Aber die Frau scheint meine Erklärung nicht zu wollen. Sie geht darauf nicht ein, sondern weist auf einen Stuhl: „Nun setz dich doch, Kindchen!" Ich gehe gern auf ihren Wunsch ein und beginne etwas irritiert eine Unterhaltung: „Sie haben hier aber ein gemütliches Zimmer." Sie hält mich vielleicht für ihre Tochter, überlege ich und sehe mich im Zimmer um. Kein typisches Krankenzimmer, nein, ein gemütliches Wohnzimmer. Nur ihr Pflegebett erinnert an eine Klinik. Als ich ihr meinen Blick wieder zuwende, nickt sie bejahend. Dann richtet sie sich ein wenig auf und tuschelt mir zu: „Ich muss dich etwas ganz Wichtiges fragen." „Ja, bitte", wende auch ich mich ihr näher zu. Sie ist mit einer weißen Bluse bekleidet, und ihr silbergraues Haar ist frisch frisiert. Auch ein angenehmer Parfümduft geht von ihr aus, so dass sie mir sehr sympathisch ist. Beim Anblick dieser Frau, in dieser angenehmen Zimmeratmosphäre kommt mir der Tod in den Sinn. Aber er passt hier einfach nicht her! sage ich mir. Mit brüchiger Stimme fragt sie mich mit erwartungsvollem Blick: „Hast du draußen Horst und Inge gesehen?" „Nein", muss ich antworten, „habe ich nicht." Mein Blick fällt auf ein eingerahmtes Foto mit einer sehr hübschen, jungen Frau. Es hängt neben der Tür an der Wand, so dass wir es beide betrachten können. „Sagen sie, sind sie diese schöne Frau auf dem Bild?" frage ich. Sie strahlt. „Ja, so habe ich einmal ausgesehen." Sie ist auf dem Bild zwanzig Jahre alt. Völlig klar nennt sie mir ihr Geburtsdatum, erzählt munter von ihrem Mann und ihren Kindern – scheinbar bin ich im Moment nicht ihr Kindchen – und versinkt dabei glücklich in weit zurückliegende Zeiten. Doch plötzlich wird ihr Gesicht kummervoll. „Hast du draußen vielleicht Horst und Inge gesehen?" „Wer sind denn Horst und Inge?" frage ich sie nun. Sie sucht verzweifelt nach einer Antwort, die sie mir nicht geben kann. „Na Horst und Inge! Du kennst sie doch! Die wollten mich doch heute besuchen." Sehr traurig fügt sie hinzu: „Ich warte schon den ganzen Tag. Aber keiner sagt mir, ob sie hier sind." Ich begreife jetzt, dass die Frau wegen ihrer unerfüllten Erwartung leidet und will sie besänftigen: „Da draußen waren sie nicht. Da sind jetzt gar keine Leute. Alle sind heute in ihren warmen Stuben, denn es ist sehr kalt, und es schneit. Sie kommen sicher ein andermal." Der Blick der Frau hängt förmlich an meinen Lippen, aber ich habe den Eindruck, dass sie den Inhalt meiner Erklärung gar nicht versteht. „Ich kann ja nicht mehr laufen", seufzt sie, „sonst würde ich doch Horst und Inge besuchen." Ihre Worte klingen so traurig, dass ich nicht umhin komme, mit ihrer Einsamkeit mitzuleiden. Ich ergreife ihre Hand und streichle sie sanft.

In der Tür steht auf einmal eine Krankenschwester und schaut stillschweigend zu. Ich erhebe mich schnell vom Stuhl und entschuldige mich fast wie ein Schulkind, dass ich so unbemerkt eingedrungen war. Sie aber lächelt und ermuntert mich, noch zu bleiben. „Das ist aber schön für sie, Frau Nöll, dass sie heute Abend noch Besuch haben", sagt sie warmherzig zu der Dame und schüttelt ihr Kopfkissen auf, streichelt ihr die Wange und verlässt uns wieder.

Ich mache es mir wieder auf dem Stuhl bequem und erzähle der todkranken Frau ein bisschen aus meinem Leben. Sie schaut mich aufmerksam an und lächelt hin und wieder, bis sie sich überraschend aufsetzt und gequält fragt: „Kommen denn Horst und Inge heute nicht mehr?" „Nein", antworte ich ihr schweren Herzens, „es ist jetzt schon spät. Da kommen sie nicht mehr. Außerdem ist es kalt und dunkel, und es schneit. Da ist es gefährlich auf den Straßen. Man kann ausrutschen oder mit dem Auto einen Unfall haben. Aber Morgen, da werden sie bestimmt hier sein." Ich bin überrascht, dass Frau Nöll nun zustimmend und zufrieden nickt. Sie sagt sogar: „Ja, das kann ich verstehen", und sie fügt hinzu, „es war ein schöner Abend mit dir. Danke, dass du mich besucht hast." Dabei drückt sie rührend meine Hand mit ihren zwei Händen, die sich etwas kalt anfühlen. Ich stehe auf und gehe irgendwie fröhlich und mit einem Winken aus dem Zimmer. Vom Fernseher her tönt ein Chor mit dem Lied: „Weil Gott in tiefster Nacht erschienen, kann unsre Nacht nicht traurig sein ..."

Ich gehe behutsam leise die Treppe hinunter. Bei der Sternentafel stehen Vater und Sohn und warten bereits auf mich. „Dann bis nachher!" sagt Roman mit einer flüchtigen Handbewegung

und geht in Vorfreude auf die zu erwartende Weihnachtsbesche-
rung im Kreis der Familie noch einmal an die Arbeit. Mein Mann
hatte inzwischen die zwei CDs gekauft. Alles ist zur Zufriedenheit
erledigt. Ich hake mich bei ihm ein, und wir durchschreiten auf
unserem Heimweg noch einmal das besagte „Himmelstor".

Noch immer schneit es. Noch immer erscheint mir die Welt so
ungewöhnlich friedlich. Sind es die sachten Schneeflocken, die in
mir die stille Meditation auslösen? Ist es das in mir in Text und
Melodie nachklingende Lied? Ich bin eher glücklich als traurig,
obwohl ich im Haus des Sterbens war. Wahrscheinlich deshalb,
weil ich der etwas verwirrten und todkranken Dame durch meinen
Besuch eine Freude bereiten und sie auch etwas trösten konnte.
„Warum bist du so schweigsam? Woran denkst du?" fragt mich
mein Mann. „An die Sterne", antworte ich versonnen. Wir schau-
en beide in den von Schneewolken bedeckten Himmel. „Es ist
doch eigenartig, wo uns die Wege manchmal hinführen", sage ich
zu ihm. „Hättest du gedacht, dass wir heute Abend  im Hospiz
sein werden? Dass ich dort jemanden besuchen würde, dem ich
noch nie vorher begegnet bin?" Er schweigt.

Manfred Haertel

## *Kollektive Bescherung*
(Romanauszug)

Autoreifen haben den frischen Schnee auf den Asphalt geplättet. Vorsichtig lenkt der Fahrer seinen Bus durch rutschige Kurven. Fünfzehn Jungen haben ihren Fensterplatz, sitzen da, so ungewöhnlich schweigsam und still. Der Fahrer wundert sich und wirft einen Blick in den Rückspiegel: Diese Rabauken aus dem Jugendwerkhof balgen sich doch sonst immer rum? Die Jungen sehen stumm nach draußen. Es scheint, als wären sie weit entrückt. Schwermut drückt ihre Körper in die weichen Polster. Er dreht sein Radio lauter. „Oh, du fröhliche ... " erklingt mit hellen Kinderstimmen und nagt an verkrusteten Seelen.

Dann hält der Bus. Der Fahrer ruft: „Jungs, aussteigen! Endstation!" Rekelnd erheben sich die Jungen und schieben sich unwillig durch den Gang. Achim seufzt: „Schade, die Fahrt war so schön!" Kaum sind die ersten vom Trittbrett gesprungen, da entbrennt auch schon eine Schneeballschlacht. Die Worte des Fahrers: „Schöne Feiertage, Jungs!" gehen im Lärm unter. Alles walkt, tritt und schubst drauflos. Schnee wird unter streitbaren Füßen zerstampft. Der siebzehnjährige Achim befriedigt seine Rauflust am schmächtigen Jens. Er hat ihn am Kragen gepackt und schleudert ihn herum. Jens wimmert, er solle doch von ihm ablassen. In seiner Bedrängnis verspricht er Achim Süßigkeiten von seinem Weihnachtsteller und Zigaretten. Doch Achim wirft seinen klotzigen Körper gegen Jens´ schmale Brust. Sie fallen in den Schnee. Achim oben drauf. Seine Augen funkeln wild. Sein Körper steckt voller Spannung. Er greift ins Genick und drückt Jens´ Gesicht in einen Schneehaufen. Dann kniet er auf dessen Rücken, lüftet die Hose und stopft Schnee in die Unterhose. Plötzlich verstummt das Gelächter. Achim guckt verdutzt, als er den Erzieher Lechter vor sich stehen sieht. Flink ist er auf den Beinen und stammelt: „Wir ... äh ... wir machen bloß Spaß." Auf

Jens zeigend fügt er hinzu: „Der kleine Jensi ist ausgerutscht. Ick wollte ihm gerade wieder hochhelfen. Wirklich!" Im säuselnden Tonfall wendet er sich an Jens, der noch immer in eingeigelter Stellung verharrt: „Stimmt doch Jensi, du bist auf die Schnauze gefallen?" Er packt ihn am Anorak und zieht ihn derb hoch. Jens, noch völlig verstört, klopft sich den Schnee ab und beteuert: „Ja, ja, Herr Lechter, ich bin ausgerutscht. Achim war so nett ... " Der Erzieher schneidet ihm das Wort ab: „Euren Spaß kenne ich schon." Er klopft Achim schwungvoll auf die Schulter: „Los, einrücken! Umziehen! Hausreinigung! Der Weihnachtsmann ist schon unterwegs." Lechter schlittert dem Hauseingang zu und pfeift vor sich hin. Als er im Haus verschwunden ist, bricht die Toberei erneut aus. Maik rempelt Jens von hinten an. Er liegt wieder im Schnee. Achim presst einen Schneeball und meint: „Kinnings, wir bescheren Jens schon jetzt!" Peter nimmt Jens von hinten in den Klammergriff. Maik drückt ihm die Kiefer auseinander, und Achim schiebt ihm den Schneeball in den Mund. Jens schmerzen die Zähne. Sein Gaumen ist wie betäubt. Eiskaltes Wasser läuft ihm den Schlund hinunter.

Für Lechter ist diese Trödelei nun doch gegen seinen Zeitplan. Er reißt das Fenster auf: „Nun aber Beeilung, ihr Schlafmützen!" Knuffend und puffend drängeln sich die Jungen in den Flur. Der Erzieher sieht das wohl, mischt sich aber nicht ein, weil er die knisternde Spannung spürt, die Unruhe, die in den Jungen brodelt und schlagartig in einen moralischen Kollaps umschlagen kann. Bei der Hausreinigung bricht der Sturm los. Achim protestiert lautstark: „Immer schrubben! Um viere aus dem Bett gejagt! Bis Nachmittag schuften! Dann noch den Werkhof auf Hochglanz bringen, damit Lechter Pluspunkte sammeln kann, wenn der Herr Direktor die Zimmer kontrolliert! Det soll Heiligabend sein? Ha, ha, ha!" Die anderen stimmen ihm zu: "Sauladen!" Denn sie empfinden sowieso schon gewaltigen Groll. Viele durften nach Hause zur Familie. Andere zu Verwandten. Nur für sie war kein Platz in familiärer Umgebung.

Ausgerechnet heute ist Achim mit der Kloreinigung dran. Vergnatzt sitzt er auf der Heizung und sinnt darüber nach, wie er sich an solch heiligem Tag vor dem Kloputz drücken kann. Er stützt sich auf dem Schrubberstiel und raucht. Jens kommt die Treppe hinauf. Mit dem Fuß stößt Achim die Flurtür zu. Als Jens die letzte Stufe erreicht, spricht er ihn an: „He, Jensi!" Jens zuckt zusammen und fragt stotternd: „W ... wa ... was is`n?" „Wat is´n? Wat is´n? Frag´ nicht so blöd! Siehst doch, dass ich Schrubberelli spielen soll! Du siehst doch ein, dass mir das nicht steht?" Ehe Jens sich versieht, hat er den Eimer in der Hand. Den trockenen Scheuerlappen breitet Achim auf Jens´ Kopf aus. „Kiek mal, wie gut dir die Kloutensilien stehen", lacht Achim. Jens spürt Widerwillen, wehrt sich aber nicht.

Das Klo ist der Lieblingsort der Jungen. Hier spielt sich, vor allem nachts, das ungehemmte Jugendleben ab. Hier werden Kippen bis zum letzten Zug gequält. Hier wird über die Erzieher abgeurteilt. Hier werden Pläne ausgeheckt. Und hier wird nach Herzenslust hingespuckt, wo man gerade steht oder sitzt. Achim befiehlt: „Nun klotz ran, Keule!" Er greift in die Tasche, holt eine Karoschachtel heraus und steckt Jens eine Zigarette zu, indem er gönnerhaft sagt: „Hier, haste ´ne Lulle! Brauchst es doch nicht umsonst machen. Ist ja Heiligabend. Klar?" Dabei klopft er Jens auf die Schulter. „Danke! Danke!" überschlägt sich Jens förmlich, „bist wirklich een echter Freund. Echt!"

Achim schlendert pfeifend davon. Jens zündet sich die Zigarette an und pafft hastig. Dann macht er sich an den Kloputz und summt die Melodie: „Oh, du fröhliche... " Die dritte Klotür ist verriegelt. Ungeduldig rüttelt Jens an der Klinke: „He, mär dich aus! Ich will wischen!" Hinter der Tür tut sich nichts. Jens lauscht. Da kommt es ihm vor, als vernähme er ein leises Schluchzen. Jemand schnäuzt sich hinter der Tür. Jens überlegt nicht lange. Er geht ins Nebenklo, steigt auf die Klobrille und klimmt sich an der Trennwand empor. Drüben hockt Peter auf dem Klodeckel und hält einen Brief in seinen Händen. Jens fragt: „Mensch, was haste denn? Flennste?" Seine Kräfte lassen nach. Er rutscht an der Wand herunter. Drüben wird die Tür aufgestoßen. Peter rennt mit geröteten Augen an Jens vorbei. Kopfschüttelnd geht Jens in das Klo. Der Klodeckel steht offen. Im Becken liegt ein zerrissener Brief. Jens nimmt die groben Schnipsel, setzt sie zusammen und liest: „Mein liebes Peterchen! Sei mir nicht böse, dass du zu Weihnachten nicht nach Hause kannst. Ich habe einen neuen Freund. Und ich will mir mein Glück nicht zerstören lassen. Du hättest sowieso kein Verständnis dafür. Ein Päckchen ist unterwegs. Küsschen, Deine Mama." Jens liest den Brief mehrmals, kaut dabei einen Teil seines Fingernagels ab, spuckt es ins Klobecken und sagt: „Rabenmutter, verfluchte!"

Punkt siebzehn Uhr. Die Jungen trommeln mit den Fingern gegen die Klubraumtür, hinter welcher der Erzieher und der Werkhofdirektor die Festtagstafel vorbereiten. Maik presst seine Lippen gegen die Türritze und  fordert: „Macht ´n bisschen hinne! Wir haben Kohldampf!" Als er absichtlich die Türklinke geräuschvoll herunterdrückt, glauben die, die hinten stehen, es ginge los. Schubsend preschen sie nach vorn. Achim prallt mit dem rechten Ellenbogen gegen die Wand. Es schmerzt. „Hier muss Ordnung rin!" lässt er zornig verlauten, boxt zwei in den Rücken, schnappt sich Jens am Kragen und Hosenboden und verfrachtet ihn ganz nach hinten. Maik und Peter gehen mit den übrigen auch nicht gerade zimperlich um. Da reihen sich die anderen von selbst ein. Ganz vorn glänzt nun das Trio – Achim, Peter, Maik.

Endlich geht die Tür auf. Wie eine wilde Horde stürzen die Jungen in den Raum. Lechter will den Ansturm bremsen. Jedoch, hier ist keiner mehr aufzuhalten. Schon im Anflug hat jeder alles überblickt. Auf jedem Platz steht und liegt dasselbe. Das beruhigt erst einmal. Freudige Überraschung bei allen: „Oh! Ah! Hmmm! Kiekt mal, die haben sich´s  wat kosten lassen!" „Dufte Sachen! „Echt Sahne!" „Det fetzt!" „Sozialistische Fettlebe!"

Plötzlich saust ein Schokoladenweihnachtsmann über die Köpfe hinweg. „Wer tauscht?" ruft jemand. Dann hagelt es Süßigkeiten: Marzipankartoffeln, Kekse, Lebkuchen, bunte Puffreiskörner schwirren umher. Herrenlos rollen Nüsse über den Fußboden. Der Direktor atmet tief durch, möchte eingreifen, hält sich aber zurück, weil er sich erinnert, wie er als Steppke im Kreise seiner drei Geschwister auch an Transaktionen von Teller zu Teller beteiligt war. Es ging nicht ganz so wild zu, aber Kopfnüsse unterm Lichterbaum gehörten schon zur Bescherung. So schweigt er und ist sogar angetan vom Überschwang seiner Jungen. Als Lechter einen Jungen mahnend an den Haaren zupft, lächelt der Direktor: „Ach, lassen sie die Jungen doch! Ist ja Heiligabend." Dann entfaltet er einen Zettel, räuspert sich mehrmals und beginnt seine Ansprache: „Liebe Jungen ... " Die Jungen gucken entgeistert, als

23

der Direktor die Hausreinigung lobt, die Frage klärt, wem sie das schöne Leben hier zu verdanken haben, sie an ihre Solidaritätsverpflichtungen erinnert, weil es ja nicht alle Kinder auf der Welt so gut haben wie sie. Und ... und ... und ... ! Die aufgekratzten Jungen wollen aber den Weihnachtsmann sehen und nicht den Direktor. Es wird gekaut, geschmatzt, gequatscht und ungeniert gerülpst. Als der Direktor seine Rede beendet: „Ich wünsche euch einen spendablen Weihnachtsmann!" klatschen die Jungen spontan und übermütig Beifall.

Ein Stiefelpoltern unterbricht jäh den wieder aufgekommenen Lärm. Alle starren in Richtung Tür. Sie öffnet sich. Eine Rute fuchtelt in den Raum. Die Larve wird gesichtet. Dann steht der Weihnachtsmann vor ihnen. Einige grölen sofort: „Olle Pit sein Punkermantel!" „He, Pit! Verstell dir bloß nicht! Ey! Du Weihnachtsmann!" Zwei prall gefüllte Säcke werden in den Raum gestellt. Jetzt hält es keinen mehr auf seinem Platz. Klatschen und frohes Jauchzen erfüllen den Raum. Allmählich ebbt der Lärm ab. Keiner will seinen Namen verpassen. Denn Uhren, Reisetaschen, Pullover, Anoraks, Fotoapparate oder Schallplatten kann man sich gegen ein Gedicht oder Lied einhandeln. Gedichtfetzen werden heruntergeleiert. Wer nichts vortragen kann, muss Kniebeuge oder Liegestütze vorführen. Unter schadenfrohem Gelächter wird mancher straffe Hosenboden von der Rute gepeitscht. Alles in allem eine gelungene Bescherung, stellt der Direktor zufrieden fest und zieht sich unauffällig zurück.

Jens sitzt auf seinem Stuhl und schaut beklommen auf seinen Pappteller, auf dem bereits der Kahlfraß gewütet hat. Zwölf Zigaretten hat er wenigstens rausschlagen können. Trotzdem schielt er jetzt zu Peter, der genüsslich Jens´ ergaunertes Marzipanbrot verschlingt. Peter schaut in Jens´ bettelnde Augen, bricht ein winziges Stück ab, reicht es ihm über den Tisch: „Hier, jieperst doch schon." Blitzschnell langt Jens zu, steckt das Stück in den Mund und genießt eine Weile den herrlichen Mandelgeschmack.

Die Jungen sind mittlerweile völlig aus dem Häuschen. Ein ohrenbetäubender Krach erfüllt den Raum. Lechter hat über dreißig Jahre als Erzieher auf dem Buckel. Er ist total ratlos. Wie kann eine Heiligabendstimmung aufkommen? Da kommt ihm die Erleuchtung. Er geht zum Tonbandgerät, legt sein mitgebrachtes

Band auf. Ein Kinderchor singt: „Stille Nacht, heilige Nacht ... "
Plötzlich tritt für Augenblicke eine sonderbare Stille ein. Jeder ist
irgendwie ergriffen. Da springt Achim erregt auf: „Ick gloobe,
mein Schwein pfeift! Weihnachtsschnulzen! Wollt ihr die hör'n?"
Peter ruft: „Da kriegt man ja Krampfadern uff'm Trommelfell!" Und
Maik grinst dem Erzieher ins Gesicht: „Det spiel'n se mal lieber
ihrer Frau vor!" Damit ist Lechter überstimmt. Achim kurbelt am
Radio. Gitarrenklänge müssen her! Schlagzeug erschüttert den
Raum. Die Jungen zucken und verrenken sich im Rhythmus.
Kopfschüttelnd und arg genervt kapituliert Lechter und verlässt
den Raum. In der Küche sucht er seine Ruhe. Unterwegs dorthin
murmelt er vor sich hin: „Nächstes Weihnachten nehme ich auch
mal Urlaub. Oder ich mache auch mal krank." Im Klubraum, im
Glanz elektrischer Baumkerzen, Lametta behangen, rocken die
Jungen ausgelassen durch den Raum.

Gegen sieben Uhr werden knusprige Broiler aufgetragen. Die
Jungen langen begierig zu. Maik ist total aus dem Häuschen:
„Det is 'ne Fete! Wat Jungs?" Er nagt an seiner Broilerkeule. Fett
staut sich in seinen Mundwinkeln und tropft auf seine Hose. Er
schnellt hoch, reißt das Tischtuch mit. Knochenreste kullern auf
Achims Schoß. Wütend verpasst er Maik einen kräftigen Rippen-
triller. Der ballt die Fäuste, fährt zornig herum – doch da kommt
Lechter – und bringt Bier. Jedem stehen zwei Flaschen zu. Großer Beifall. Peter japst nach Luft, wischt sich den Bierschaum von
den Lippen und strahlt voller Glückseligkeit: „Kinder, det is 'ne
Sause! So wird gefeiert!" Alle prosten ihm zu. Eigentlich war eine
Pfirsichbowle geplant. Das scheiterte am Widerstand einiger, weil
das nur Kompott für Weiber sei. Außerdem hatte Achim gesagt:
„Det Bier jehört zum Mann, wie der Schwanz zum Hund! Damit
basta!"

Man fühlt sich trunken und endlich wie ein Mensch. Auf einmal
ruft Achim: „He Uwe, guck mal, ob der Lechter nicht spannt!" „Alles okay!" vermeldet Uwe, nachdem er in den Flur geschaut hat.
Aus einem Anorakärmel zieht Achim eine Schnapsflasche heraus
und verkündet: „Das ist Maiks Weihnachtsüberraschung. Seine
clevere Omi hat einen Zwanziger zwischen den Schokoladenwaf-
feln versteckt. Prost auf dein Omchen!" Achim nimmt den ersten
Schluck, dann Maik, dann geht's der Rangordnung nach. Ein

25

kleiner Schluck mit großer Wirkung. Man torkelt, man rülpst, rempelt sich an und beginnt zu singen – schieftönig, unmelodisch, aber aus voller Kehle.

Achim schüttet das vierte Bier in sich rein, das er jemandem auf seine Art abgeschwatzt hat. Mit Bier spült er den dritten Schluck aus der Schnapsflasche runter, öffnet dann das Fenster und wirft die leere Flasche runter auf den Rasen.

Lechter kehrt zurück. Anfangs ist er ohne Argwohn, bis er glaubt, bei einigen glasige Augen wahrzunehmen. Er beobachtet Achim. Der wankt etwas und kann seine Streitlust nicht zügeln. An einem Ecktisch spielen zwei Dame. Ihr Spiel wird beendet, indem Achim mit zwei Handbewegungen über das Spielbrett wischt. Geduckt lassen die beiden Jungen diese Gemeinheit über sich ergehen. Lechter greift sofort ein und bemüht sich, ruhig zu bleiben. In väterlichem Ton sagt er: „Achim, komm mal bitte her!" Achim tritt auf den Erzieher zu, glotzt ihn an. Vom Alkoholdunst umnebelt rülpst er besonders laut und nuschelt: „Wat is´n? Lass mir in Ruhe!" Lechter überhört den rüden Ton. Die Jungen aber horchen auf, verstummen, lauern, starren gebannt auf den Erzieher und Achim. Hier tut sich was! Maik will sich dicke tun: „Mensch, eh, der Achim hat doch nischt jetan!" Achim steckt seine Hände in die Hosentaschen, mustert herablassend den gleichgroßen Mann und bläst ihm herausfordernd seine Bierfahne ins Gesicht.

Plötzlich kann sich der Erzieher nicht mehr beherrschen. Er packt Achim am Arm, rüttelt ihn und stellt im scharfen, fast schreienden Ton fest: „Ploch, du ist ja völlig betrunken!" Achim tut empört und lallt: „Ick, ick soll besoffen sein? Spinnst wohl?" Er tippt sich mit dem Zeigefinger gegen die Stirn. „ Red nicht", wird Lechter immer erregter, „hast sicher wieder Schnaps reingeschmuggelt?" „Na und?" grinst Achim unverschämt, „ irgendwie muss man doch in diesem verdammten Sauladen leben!" Einige Jungen wollen sich bekugeln vor Lachen, andere sind still und warten ab. Was wird Lechter tun? Wird er den Rückzieher machen, hier inmitten von fünfzehn ungebändigten Jungen. Oder wird er sich vergessen und dem Aufsässigen eine runterhauen? Tatsache ist, dass sich beide wie Kampfhähne gegenüberstehen. Achim lässig, das Gesicht weit vorgeschoben, provokativ, ohne jegliche Furcht vor einer Ohrfeige. Der Erzieher, jeden Muskel angespannt, bereit, dem Schauspiel mit der flachen Hand einen autoritären Schlusspunkt zu setzen. Ruhig und dennoch recht bestimmend fordert Lechter: „Ploch, du gehst sofort ins Bett und schläfst deinen Rausch aus!" Achim will nicht nachgeben und widerspricht rüpelhaft: „Pöh! Warum denn? Kannst mir mal! Mach ick nicht!" Kurzerhand packt Lechter ihn wieder beim Arm und schiebt ihn zur Tür. Achim will sich losreißen. Doch Lechter packt noch fester zu. Er stemmt sein ganzes Körpergewicht gegen den Jungen, so dass Achim ins Stolpern kommt. Die Wut raubt ihm fast die Besinnung. Wütend fuchtelt er mit seinen Armen und schreit den Erzieher an: „Pfoten weg! Ick geh´alleene!" Lechter lässt seinen Arm los. Die letzten Meter rennt Achim schwankend und knallt hinter sich die Tür zu. Der Erzieher unterdrückt seine Erregung, müht sich ein Lächeln ab und sagt zu den Jungen: „Jungs, lasst uns weiter Heiligabend feiern! Der kleine Vorfall soll uns nicht die Laune verderben. Wer spielt eine Runde Skat mit?"

Der Flur ist dunkel. Achim steht am Fenster, die heiße Stirn gegen die kaltnasse Scheibe gedrückt. Die Knie zittern. Im Kopf ist ihm schwindelig. Plötzlich überkommt ihn eine unerträgliche Einsamkeit. Die Eltern sollen vor der Mauer in den Westen abgehauen sein. Sein älterer Bruder im Knast. Und hier? Keinen echten Kumpel. Manche biedern sich an. Manche wollen ihn peinigen. Vorhin war er der King. Aber jetzt auf diesem unheimlichen, dunklen Flur fühlt er sich mutterseelenallein, und er leckt sich die salzigen Tränen von den Lippen. Spontan reißt er das Fenster auf, legt sich weit hinaus, atmet gierig nach der kalten Winterluft. Der leichte Wind weht ihm Schneeflocken ins Gesicht. Mit der Zunge versucht er, Schneeflocken zu erhaschen. Vorsichtig tippen seine Finger auf das weiche Schneeflockenbett, das den Fenstersims so schön winterlich kleidet. Von der Kirche herüber läuten die Glocken. Erschrocken zieht er seine Finger zurück. Er ärgert sich über die Eindrücke, die seine Finger hinterlassen haben, denn das herrliche Winterbild scheint ihm plötzlich zerstört. Eine Naturempfindung solcher Art macht ihn stutzig, hat er diese doch noch nicht an sich kennen gelernt. Er schreibt es dem Alkohol zu. Das weithin hallende Ding-Dong, so fühlt er, mischt sich rhythmisch in seinen Herzschlag. Und das Geläut trägt ihn davon,

davon in die Freiheit, hinaus in die stille Nacht, hinein in die Häuser mit den bunt erleuchteten Fenstern, wo sich der Heiligabend seiner Vorstellungen nach ganz anders abspielen muss. Und mit tiefer Bitternis denkt er an die vielen Weihnachten zurück, die er in Heimen verbringen musste.

Plötzlich vermischt sich ein fremder Atem mit dem seinigen und wird von der Kälte verschlungen. Eine Hand berührt sachte seine Schulter. Wankend wendet sich Achim um und ist verblüfft. Vor sich sieht er das blasse, schmale Gesicht mit der unpassend klobigen Nase. „D ... du ... Jens?" seufzt Achim und merkt, wie ihm speiübel wird. „Mensch, du, Achim", beginnt Jens stockend, „nimm´s nicht so schwer!" Achim staunt und denkt: Diese Werkhofmemme, dieser Abstreicher will mich trösten? Wenn er könnte, würde er laut loslachen. Ihm ist aber schlecht. So fragt er barsch: „Was willst´n?" Sein Tonfall verunsichert Jens für einen Moment. Verlegen schaut er an Achim vorbei und stammelt: „Na ja, ich hab´ gesehen, wie du bedeppert losgezogen bist, so beleidigt und wütend. Ich ... ich ... ich weiß ja, dass ich nicht dein Freund sein kann. Trotzdem tuste mir leid ... " Achim mustert den Jungen mit verschwommenem Blick und kämpft dauernd gegen das Übelwerden an. Da zieht Jens seine Hand aus der Tasche. „Willste ´nen Schlongs haben?" Wie geistesabwesend greift Achim zu, wickelt das Bonbon aus, steckt es in den Mund und murmelt: „Danke!"

„Gloobste", sagt Jens, die Worte in sich hinein kichernd, „danke hat zu mir noch keiner gesagt!" Achim weiß nichts darauf zu antworten. Und Jens sieht seine Chance, packt sie, jetzt gleich – zweifelt er doch, jemals wieder eine solche zu haben. Auf einmal klingt seine Stimme total verwandelt, fester, entschlossener, wenngleich auch eine starke, innere Erregung mitschwingt: „Ich weiß ja, dass ihr alle mich nicht leiden könnt. Dabei tu ich keinem was! Nur weil ich solche große Pflaume bin und mich nicht wehre! Oft braucht ihr auch nur einen Prügelknaben, um eure Wut auszutoben! Kann ich was dafür, dass du im Heim groß geworden bist? Mensch, ich war selber nur in Heimen! Und ich verdammter Idiot schlucke ooch alles. Verstehste? Alles!" Achim ist wie versteinert. Sein alkoholverworrener Blick ruht auf dem Gesicht des Jungen. Mit sich überschlagender Stimme redet Jens weiter: „Wenn ick könnte, ick würde mir nischt gefallen lassen! Aber ... aber bei mir ist nur een kleener Pickel, wo du deine Muckis hast ... "

Achim beugt sich weit aus dem Fenster. Jetzt ist ihm richtig schlecht. „Mensch!" stöhnt er, „ick gloobe, jetzt kommt die Soße!" Aus dem Fenster will er sich nicht übergeben, deshalb presst er seine Hand vor den Mund und schwankt zur Toilette. Neben ihm läuft Jens. Mit seiner Rechten umfasst er Achims Hüfte. Mit seiner Linken hilft er, Achims Mund zuzuhalten. Unterwegs spürt er, wie es warm durch seine Finger läuft. Übler Geruch breitet sich aus. Jens bringt seinen großen Kumpel bis zum Klobecken. „So, nun reiher dich mal richtig aus!" sagt er zu Achim, dessen Gesicht wie eine gekalkte Wand aussieht. Dann schnappt er sich Schrubber, Lappen und Eimer, knipst das Flurlicht an und beginnt eilig mit dem Aufwischen, damit der Erzieher erst gar nichts spitzbekommt.

Räuspernd kommt Achim zurück. Ihm ist etwas wohler. Jens wringt den Lappen zum siebenten Male aus. „Gib mal her, Jens! Ich wisch det schon weg", will Achim ihm Schrubber und Lappen aus der Hand nehmen. Aber Jens schiebt den Großen energisch beiseite: „Steck deine Ölbirne noch ein Weilchen aus'm Fenster! Na los!" Achim steht beschämt vor Jens, dem Abstreicher, der flink den Boden säubert. „Ich ... äh ... ich ... ", stammelt Achim, „ich bringe wenigstens die Sachen weg." „Mann!" faucht ihn Jens an, „nun häng' endlich deine dunstige Omme in die frische Luft!" Mit seiner ganzen Kraft schiebt er Achim ans Fenster und drückt dessen Kopf nach draußen. Anschließend zieht er mit den Utensilien los. „Komm aber wieder!" ruft Achim ihm nach. Und er denkt: Der Jens hat was drauf!

Jens ist bald wieder bei ihm. Beide schauen aus dem offenen Fenster. Sie fangen einige Schneeflocken. Das Glockengeläut dringt immer noch tief in ihr Gemüt. „Schön, was?" bricht Jens das Schweigen. „Hm!" entgegnet Achim. Wieder Schweigen. Dann sagt Achim: „Belämmertes Heimleben. Die da", er weist mit der Hand zu den Häusern, „die feiern Heiligabend bestimmt ganz anders als wir hier." Jens hebt und senkt die Schultern und erwidert melancholisch: „Tja, nur einmal in einer Familie sein dürfen, mit richtigen Geschwistern und so. Wieder lassen sich die beiden hinweg tragen vom Glockengeläut. Jens will wissen: „Wo sind denn deiner Eltern?" „Die sollen im Westen wohnen. Hatten damals ´ne Mücke gemacht. Drüben machen die sich bestimmt ´nen Fetten. Ich wollte ja mal abhauen, die suchen. Wurde erwischt. Und deine Alten?" Jens erklärt: „Da blicke ich nicht durch. Haben sich scheiden lassen, als ich noch klein war. Vater war Säufer, hat uns alle verprügelt. Meine Mutter ist dann irgendwann gestorben. Mehrere Geschwister sollen noch in Heimen sein. Wenn ick den Alten unter die Finger kriegen würde, den würd´ ick zusammendreschen! Ehrlich!" „Hast recht", stimmt ihm Achim zu, „durchprügeln und in den Knast stecken müsste man die Alten. Die kriegen ooch noch ihre Strafe!"

Achim gibt Jens eine Zigarette. Nach einigen Zügen an der Karo fühlt sich Jens unbeschreiblich glücklich. Und da gibt es für ihn kein Geheimnis, das sein neuer Kumpel nicht auch wissen soll. Zaghaft beginnt er zu erzählen: „Du, Achim, neulich war ich doch wegen meinem Blinddarm im Krankenhaus. Da war´s wirklich prima. Alle waren so nett zu mir, haben mit mir geredet und mir manches zugesteckt. Sonntags haben die Schwestern Lieder gesungen. Hörte sich nicht schlecht an. Nur die Texte waren ziemlich komisch. Sie haben dauernd von Jesus gesungen. Weißt du, wer Jesus ist?" Achim überlegt kurz, antwortet dann recht überzeugt: „Na klar, der ist doch der Bruder vom lieben Gott, solch Freiheitskämpfer von ganz früher. Echt!" Jens gibt sich mit dieser Erklärung zufrieden. Er geht dichter an Achim heran und flüstert: „Du, Achim, aber eins habe ich noch keinem verraten. Ich habe nämlich eine richtige Freundin. Wirklich!" Das letzte Wort fügt er rasch hinzu, damit Achim gar nicht erst zu zweifeln und zu lachen beginnt. Doch Achim bleibt todernst. Das tut gut. Achims Blick ist sogar wissbegierig und er forscht: „Na und, wie ist sie denn so? Is ´se kernig? Hat ´se Möpse?" Jens´ Gesicht erstrahlt. Er kichert: „Dufte Ische! Echt! Müsstest sie mal kennenlernen. Vielleicht zeig´ ich sie dir mal." Mit echter Bewunderung stößt Achim hervor: „Mensch, det ätzt! Unser Jensi ist verknallt!" Jens bittet mit ernster Miene: „Sag´s aber nicht den anderen! Ich hab´s nur dir erzählt. Die machen sich nur lustig darüber. Neidisch sind die auch." Achim verspricht: „Ich halte dicht."

Achim spendiert noch eine zweite Karo. Das verzückt Jens noch mehr und er beteuert: „Weißte Achim, du bist gar nicht so schlecht. Leidest nur unter der Heimmacke wie wir alle!" „Stimmt", gibt Achim zu, „manchmal könnte ick mir selber anspucken. Entweder biste ein Macher, oder du bist für alle der Ali, der Abstreicher. Man müsste einfach abhauen!" „Bringt auch nichts", sagt Jens, „du wirst sowieso von den Bullen erwischt. Dann gehste ab nach Torgau. Dort sind Mauern und vergitterte Fenster. Darfst nicht mal eene durchzieh´n. Alles im Laufschritt. Kein Ausgang. Ist wie im Knast. Nee, du, da bleibe ich lieber hier. Hier ist auch meine Renate, die Krankenschwester wird. Du, morgen treffen wir uns wieder. Mir ist schon ganz mulmig. Du ... " Jens stockt, errötet leicht, schaut Achim prüfend an und bittet ihn, „borgste mir mal deinen Schlips?" Endlich ist es raus. Jens atmet hörbar erleichtert auf. Weil Achim mit der Antwort zögert, erklärt Jens erregt: „Du hast doch solchen schönen, bunten Schlips, den knallfarbigen. Morgen ist doch Weihnachten. Mädchen mögen das doch, dass man chic aussieht." Achim platzt sofort heraus: „Klar, kriegste den Schlips! Ist doch logo! Haste überhaupt schon mal ´n bisschen mit ihr? Na ja, ich meine ... so .... pass mal uff! Du musst se so umgrapschen, richtig ... und dann knutschst du se ... na ja, so richtig mit Zungenschlag ... " Jens lacht vor sich hin: „Na klar, ick hab´ihr schon einen drauf gegeben, so, na ja, auf die Lippen. Mit Zunge ... na ja, das ... das traute ich ... "Achim versichert ihm: „Du musst rangeh´n wie doll! Und nicht so rot werden! Verstehste?"

Jemand stößt die Klubraumtür auf, ohrenbetäubende Musik, Stimmengewirr und die gebrüllten Zahlen „Achtzehn – Zwanzig – Zweiundzwanzig!" verändern plötzlich alles. Auf einmal scheint das Glockengeläut lästig, plötzlich fröstelt Achim sehr, und er klatscht seine flache Hand auf das weiche Schneeflockenbett, das den Fenstersims so herrlich winterlich kleidet. Das romantische Bild muss er jetzt zerstören. Mit zwei, drei Handbewegungen fegt er den Schnee herunter und knallt das Fenster zu. Im Rhythmus der Musik zuckend, die Arme verrenkend, schwirrt er davon und ruft Jens zu: „Los, komm! Ich bin wieder fit!" Aber Jens mag gar nicht. Er wollte noch so viel erzählen. Enttäuscht folgt er dem tänzelnden Achim.

31

Im Klubraum, hinter stickigen, dichten Karowolken wird noch tüchtig Heiligabend gefeiert. Achim mogelt sich mit einem scheelen Blick am Erzieher vorbei. Lechter sieht ihn wohl, schmunzelt nur unauffällig vor sich hin. Doch dann dreht sich Achim um und sagt: „Entschuldigung! War echt Mist von mir." Lechter erwidert: „Schon gut. Kann ja mal vorkommen."

Am Skattisch wird Achim mit lautem Hallodria empfangen. Peter mischt die Karten. Jens sitzt auf seinem Stuhl und stiert nachdenklich auf seinen Lebkuchenberg. Dann zündet er sich eine Zigarette an. Und im Rauchschwadennebel verzerrt sich das Bild von seinem neuen Kumpel Achim.

Karla Haertel

## *„Otannenbaum"*

Opa überwacht die Kochtöpfe, deren Inhalt überzukochen droht, und Oma legt flink Servietten auf die festlichen Weihnachtstische. Alles ist gut vorbereitet für die Familienweihnachtsfeier. Da klingelt es auch schon. Man hat sich lange nicht gesehen. Die Begrüßung fällt herzlich aus. Tochter Ines, Schwiegersohn Daniel und die jugendliche Enkelin Katja steigen gemächlich die Haustreppe hinauf. Vor ihnen nimmt der fünfjährige Nico in rasantem Tempo die Stufen und rennt geradewegs auf das Wohnzimmer zu. „Halt! Halt!" Oma kann ihn noch greifen, als er die Türklinke herunterdrückt. „Du darfst hier noch nicht rein! Hier sind Heimlichkeiten drin. Vielleicht schöne Geschenke, die der Weihnachtsmann gebracht hat. Wir essen erst Mittag und wenn nachher der Opa die Glocke läutet, dürfen wir hineingehen." Nico ist baff. Zu Hause hat man ihm sicher noch nie eine Tür versperrt. Und Respekt vor dem Weihnachtsmann hat man ihm auch nicht beigebracht. Als er von seiner Mutter an der Hand in die Küche geführt wird, brummelt er: „Blöde Oma." Aber außer Oma scheint es keiner gehört haben zu wollen.

Opa stellt die Schüsseln mit Knödeln und gekochten Kartoffeln auf den Tisch. Das Rinderfilet dampft und duftet vorzüglich auf dem Fleischteller. Mit der Schürze wischt er sich den Schweiß aus dem Gesicht und fragt ungeduldig: „Wo bleibt denn die andere Bagage? Das Essen wird kalt!" Bagage ist sein Lieblingswort, wenn er die Verwandten meint. Diesmal ist es seine Tochter Moni mit Familie. Sie war mit Mann Björn und Tochter Jana bereits einen Tag früher angereist. Sie sind nur noch mit ihrem Schäferhund Bonny Gassi gegangen. Pünktlich treffen sie ein. Bonny werden die Pfoten gründlich abgewischt, erst dann darf er ins Haus. Und er muss auf seinem Liegeplatz unten im Flur bleiben. So hatten Oma und Opa es vorher durchgesetzt.

„Nun setzt euch doch mal hin, Kinder!" bittet Oma eindringlich. Das dauert und dauert, alle an den Tisch zu bekommen. Doch dann kann das Essen endlich auf die Teller gefüllt werden. Omas Hand zittert leicht und Opa reißt die Schürze vom Körper, weil er meint, dann nicht mehr so schwitzen zu müssen. „Sitzen sie denn nun alle?" Oma guckt in die Tischrunde. Ruhe ist eingekehrt. Man isst. Aber der Platz von Daniel ist leer. Klein Nicos auch. Oma schiebt sich einen Bissen in den Mund. „Nur noch lauwarm", murrt sie vor sich hin.

Jetzt kommt Nico in die Wohnküche und setzt brummend sein Auto auf die Erde. Es hat eine Fernbedienung. Der stahlblaue Truck wird von ihm unter dem Tisch, zwischen den Beinen, entlang gesteuert. „Au, mein Hühnerauge!" jammert Oma Klara. „Was?" fragt grinsend der Junge, „ein Hühnerauge? Sind denn hier etwa Hühner? Gok, gok, gok!" „Muss der Nico denn nicht auch etwas essen?" fragt Opa hintersinnig. „Der will nicht", ist die Antwort der Mutter. „Nico wird schon merken, wenn er Hunger kriegt", wehrt sie jeglichen Vorwurf ab und entschuldigt sich gleich etwas kleinlaut, „bevor er hier Terror macht, lass ich ihn lieber spielen." Sie hat wie immer Verständnis für ihren Goldjungen. Opa dagegen straft seinen Enkelsohn mit einem finsteren Blick.

Endlich erscheint Daniel in der Küche, steckt geschäftig sein Handy in die Jackentasche und verkündet der Festtagsrunde: „Entschuldigt bitte, ich hatte einen äußerst wichtigen Anruf. Geschäftlich!" Auch er beginnt dann genüsslich zu mampfen.

Katja stochert in ihrem Essen herum. Sie hat nur Kartoffeln und Gemüse auf ihrem Teller. „Also, wir essen zu Weihnachten zu Hause immer gern Gans", bemerkt mit einem schrägen Blick ihre Tante Moni. „Meine Oma hat für uns früher immer Karpfen zubereitet", ergänzt Björn. „Ihr wisst doch, ich mag am liebsten Schwein und Rind", rechtfertigt sich der Opa und füllt sich aus dem Fleischtopf nach. Katja lässt die Hände mit dem Besteck auf dem Tisch ruhen, schaut alle an und sagt vorwurfsvoll: „Das ist richtig schlimm mit euch! Damit ihr euch zu Weihnachten vollfüttern könnt, müssen so viele Tiere sterben!" Es erfolgt keine Widerrede. Ihr eindringlicher Appell an mehr Tierliebe regt augenscheinlich sogar zum Nachdenken an. Betretene Stille.

„Was habt ihr euch denn gestern Abend zu Weihnachten geschenkt?" richtet Moni ihre Frage an ihre Eltern. „Ach, eine ganze Menge Päckchen durfte ich auspacken", erzählt Opa. „Ein Buch, dicke Socken, und ... " „Und einen Schlafanzug, ein warmes Hemd, eine CD", ergänzt Oma. „Na ja, und für mich hing ein hübsch bunter Briefumschlag im Weihnachtsbaum", fügt sie wenig begeistert und augenzwinkernd hinzu. Nun ist man neugierig geworden. Alle schauen sie fragend an. „Und? Was war da drin?" will Moni wissen. „Ein Gutschein", antwortet ihre Mutter und schmunzelt vielsagend vor sich hin. Moni meint: „Ein Gutschein ist immer gut. Da kann man sich aussuchen, was man gebrauchen kann. Wofür ist denn der Gutschein?" Ihre Mutter, die seit vielen Jahren mit dem Auto zwanzig Kilometer zur Arbeit fahren muss, runzelt die Stirn und wirft ihrem Mann einen spöttischen Blick zu: „Unser fürsorglicher Papa hat mir einen Gutschein für Sicherheits-und Geschicklichkeitsfahrtraining geschenkt. Ich darf an einem Tag acht Stunden lang lernen, wie man beim Fahren schwierige Situationen meistert." Ihr Mann schaltet sich ein: „Naja, ist doch nicht verkehrt. Wir wollen uns bald ein neues Auto anschaffen. Und so ganz sicher bist du beim Fahren ja auch noch nicht!" fügt er an seine Frau gewandt hinzu. Töchter und Schwiegersöhne schauen sich an und beginnen laut zu lachen. Björn meint erheitert: „Also Moni, da weiß ich schon jetzt dein nächstes Geschenk. Eine ausgezeichnete Idee, Opa." Moni knufft ihrem Björn scherzhaft in die Seite: „Dir schenke ich dann eine Reise ab zum Mond, du Spinner!"

„Wer möchte denn nun noch einen schönen Eisbecher mit frischen Erdbeeren und Sahne?" fragt Oma. Nur Jana ruft begeistert: „Iiich!" Die anderen fühlen sich schon sehr satt und verweigern hartnäckig den Nachtisch. Enttäuscht nimmt Oma die große Plastikschüssel, die randvoll mit Erdbeeren gefüllt ist. Sie bückt sich unter den Tisch. „Nico, du möchtest doch sicher auch ein schönes Eis?" fragt sie ihren Enkel. „Hast du Eis mit Stiel?" fragt er zurück. „Nein, einen Stiel hat mein Eis nicht", entgegnet Oma. „Anderes will ich nicht!" fährt Nico seine Oma bockig an. „Unser Nico isst immer nur Stieleis", betont Ines.

Opa läutet das Glöckchen. Nico stürmt ins Wohnzimmer. „So ein großer Otannenbaum!" ruft er erstaunt und starrt an ihm hoch.

Opa guckt vielsagend zu seiner Frau, als sage er: Habe ich doch gewusst, dass der große Baum gut ankommt. Muss er doch jedes Jahr seinen Willen nach so einem Riesenbaum gegen seine Frau durchsetzen, die es des Platzes wegen gern bescheidener hätte. Alle anderen amüsieren sich über den begeisterten Ausruf des Jungen. „Naja, wir singen mit ihm oft das Lied: O Tannenbaum. Da weiß er es nicht richtig", erklärt Ines.

Jana sucht schon zwischen den Päckchen, die unter dem Baum auf dem Teppich gestapelt sind und packt hastig das Nintendospiel aus, das sie sich so sehr gewünscht hat. Damit verschwindet sie dann in ihrem Bett und ist für den Rest des Tages kaum noch zu sehen.

Für jeden ist etwas dabei. Man nimmt dankend alles an, spart aber mit kleinen Witzen nicht. „Na, mein Nähset hier, das ist doch was für Björn", bemerkt Moni lachend, „der macht doch immer die Näharbeiten bei uns." Björn packt erwartungsvoll sein Set Weihnachtsliköre aus und erwidert: „Das mach du mal! Für mich sind diese kleinen Fläschchen hier genau das Richtige." Omas Wäschekorb füllt sich mit zerrissenem Weihnachtspapier und verknotetem Schleifenband. Zum Schluss bleiben ein paar Päckchen übrig. „Daniel, wo bist du denn schon wieder? Hier ist Bescherung! Komm, pack deine Geschenke aus!" ruft Ines ihren Mann. Er kommt aus einem anderen Zimmer, verabschiedet sich überhöflich von seinem Gesprächspartner und steckt mit einem zufriedenen Lächeln das Handy in seine Jackentasche. Dann ist auch für ihn Bescherung. Sein Schwager lästert: „Wieder geschäftlich, nicht wahr? Oder betreibst du stillheimlich Telefonsex, ha, ha, ha, ha?" Moni weist ihn im scharfen Tonfall zurecht: „Du Ferkel! Hier sind Kinder!"

„Ist denn unser kleiner Nico mit seiner tollen Carrera - Autorennbahn zufrieden?" fragt Opa. Man weiß es nicht genau. Jedenfalls begeistert er sich mehr für den Weihnachtsteller mit Süßigkeiten. Auf dem gelben Teppich verstreut liegen verschiedene schokoladenbeschmierte Fetzen vom Glanzpapier, die einst ein Konfektstück fest umschlossen hatten. Vom Schokoladenweihnachtsmann beißt er gerade genüsslich den Kopf ab. Er strahlt über das ganze Gesicht – braun beschmiert bis zu den Ohren.

Dank der Hilfe von Ines und Moni sind schnell die Tische wieder gedeckt, für das weihnachtliche Kaffetrinken, diesmal in Küche und Wohnzimmer. Bonny macht auf sich aufmerksam durch ein bedrohliches Gebell. Opa bemerkt laut: „Die andere Bagage ist auch schon da. Hört ihr Uropa Herbert schon?" Alle wissen Bescheid. Jetzt kommt Stimmung in die Weihnachtsstube. Opa öffnet den nun eintreffenden Verwandten die Tür. Sie sind noch nicht zu sehen, aber deutlich zu hören. „Nun hilf mir doch mal, Herbert!" ruft laut und herrisch Uroma Gerda, die noch im Auto sitzt und nach ihren Krücken greift. „Schrei doch nicht so!" schimpft Herbert gereizt lautstark, so dass einige Nachbarn neugierig am Fenster gucken. „Du siehst doch, dass ich erstmal die Nüsse aus dem Auto nehmen muss!" „Die Nüsse, die haben doch nachher noch Zeit!" entgegnet Gerda wütend. Dankend nimmt sie die Hilfe von Björn an und lässt sich eingehakt von ihm zur Tür führen. Im Flur sieht sie Herbert die große Schüssel mit den selbst geernteten Nüssen abstellen. „Mensch! Herbert! Sag mal, du kannst doch nicht das Eingeweckte im Auto lassen! Das hat doch viel Arbeit gemacht!" bleffert sie den Uropa mit unangenehm kreischender Stimme an. Herbert winkt energisch ab: „Schrei doch nicht so!" „Wer kommt denn da?" fragt Nico. „Na Uropa und Uroma sind es", klärt ihn seine Oma auf, „die kommen doch immer so turbulent an."

Die weihnachtliche Familienfeier nimmt ihren Lauf. Die Weihnachtsgesellschaft ist inzwischen auf zwanzig Personen angewachsen. Wieder werden Geschenke ausgetauscht. Und es wird viel Kluges und viel Belangloses geschwatzt. Von Minute zu Minute nimmt die fröhliche Stimmung zu. Dafür sorgt der Kümmerling. Während die eher jüngeren Leute an den Küchentischen zu sitzen kommen, wo das große Bowlengefäß zum Trinken einlädt, schauen die Älteren im Wohnzimmer zu, wie Daniel, Jana und Nico die Autorennbahn aufbauen. Nico ist noch zu klein, um die richtigen Handgriffe auszuführen. Während sein Papa anfangs viel Geduld für ihn aufbringt, schimpft er dann doch genervt: „Du darfst nicht auf die Straßenteile rauftreten! Die schweben doch hier frei in der Luft! Mensch Bengel, du zerlatschtst ja alles!"

Nicos Interesse gilt wieder dem glitzernden Weihnachtsbaum. Plötzlich ruft er kreischend, als würde dieser in Flammen stehen:

„Der Otannenbaum! Der Otannenbaum! Der Otannenbaum!" Opa kommt in die Stube gestürzt. Nein, brennen tut er nicht. Aber das gute Stück steht schief. Sogleich begibt sich Opa auf die Knie, um den Stamm senkrecht in den Ständer zu drücken. Geschafft! Der Baum steht wieder gerade. Mit skeptischem Blick verlässt er rückwärts gehend den Raum, als traue er seinen Handgriffen nicht. Aber der Baum steht. Er geht wieder in die Küche, um die Platten für das Abendbrot vorzubereiten.

Als er über den Flur geht, rümpft er die Nase und sagt halblaut, so laut aber, dass es seine Tochter Moni noch verstehen kann: „Der Köter stinkt!" Schnell schließt er hinter sich die Küchentür. Moni weiß um die Nöte ihres Vaters, weiß um seine geruchsempfindliche Nase und lässt den Hund flugs an die frische Luft.

Die Erwachsenen plaudern angeregt miteinander. Jana lässt derweil die kleinen Autos auf der Rennbahn sausen. Sie fahren einen Looping und schießen dann über die Bahn hinaus direkt in den Weihnachtsbaum, sobald sie nicht mit dem notwendigen Gefühl an einer bestimmten Stelle die Fahrgeschwindigkeit drosselt. Mit jeder Runde fährt sie sich besser ein. Aber Nico lernt das noch nicht. Ständig fliegen seine Autos in den Baum. Zuerst findet er das lustig und krabbelt immer wieder zwischen die piekigen Zweige, um die Rennautos herauszuholen. Aber plötzlich packt ihn die Wut. „Blöde Autorennbahn!" plärrt er laut wütend los, „die will ich nicht! Scheißgeschenk!" Er rennt aus dem Zimmer, pufft seiner Oma, die ihm in diesem Moment entgegenkommt, mit den Fäusten in den Bauch und wirft sich heulend auf sein Bett. Jana ist über das Verhalten ihres Cousins geschockt und erbost. „Komm mit raus auf den Flur!" sagt sie zur Oma. Dort schlingt sie ihre Arme um Omas Hals. „Mach dir daraus nichts! Der ist noch sooo dumm. Du darfst dich doch über den Blödmann nicht ärgern!" Oma fühlt sich entschädigt und drückt die Enkelin ebenfalls innig an sich.

Es klingelt. „Nanu, wer kann denn nun noch kommen?" überlegt Oma kurz und öffnet die Tür. Mit eingezogenem Schwanz huscht Bonny hinein. Dann steht da noch ein Mann mit ziemlich mürrischer Miene. „Ach, Herr Schlostein!" Sie wartet ab, was der Grund dieses Überraschungsbesuches ihres Nachbarn ist. „Ist das ihr Hund, der da in meinem Garten rumstöbert?" fragt er ungehalten. „Guten Abend, Herr Schlostein", will sie ihn zu einer Höflichkeitsform bewegen. Er aber meckert drauflos: „Der Köter will in meinen Hühnerstall eindringen! Mir hat doch erst der Fuchs meine Hühner alle geholt! Können sie nicht besser aufpassen?" Oma beschwichtigt ihn: „Natürlich darf er nicht in ihrem Garten rumstöbern. Wir werden darauf achten, dass er den Flur hier nicht mehr verlässt. Guten Abend, Herr Schlostein! Und frohe Weihnachten, Herr Schlostein!"

Oma ist irgendwie geschafft, steigt erschöpft die Treppe wieder hinauf und weist alle ihre Gäste darauf hin, auf Bonny aufzupassen. Sie will keinen Ärger mit den Nachbarn.

„Wo ist denn unser Nicolein?" wundert sie sich. In seinem Schlafzimmer ist es ganz still. In schlimmer Vorahnung öffnet sie die Tür, um nachzusehen. Der Junge sitzt im Bett und ist bestens beschäftigt – mit dem neuen Knetkasten von Tante Biene! Die fertigen Formen liegen aufgereiht auf der Bettdecke. „Was hast du denn alles so schön geknetet?" fragt Oma freundlich. Nico ist ganz stolz. „Einen Mercedes", sagt er, „einen Opel und einen Ford Fiesta." Oma betrachtet bewundernd die Klumpen. Dabei sammelt sie kleine Knetkrümel aus dem Bett. Einige kleben widrig im Stoff. Ausgerechnet schwarze Knete musste er nehmen, denkt sie. Aber sie lässt sich ihren Ärger nicht anmerken.

Im Wohnzimmer ist jetzt ordentlich was los. Bonny erkämpft sich sein Vorrecht auf Gesellschaft. Schwanzwedelnd geht er von einem zum anderen durch das Wohnzimmer, um gestreichelt zu werden. Aber keiner ist richtig freundlich zu ihm. Alle reden juxend auf ihn ein. „Was machst du denn hier?" „Na wirst du mal rausgehen!" „Wer hat dich denn hier rein gelassen?" „Aber raus! Sofort raus!" Björn hat sich derweil am Weihnachtsbaum postiert und hält den Stamm mit der Hand, damit Bonny ihn mit seinem Schwanz nicht wieder in Schräglage versetzen kann. Moni drängt den Hund mit derben Schubsen wieder die Treppe hinunter. Opa ist bei stimmungsvoller Heinomusik zu sehr mit den kalten Platten beschäftigt, so dass er vom illegalen Hundeauftritt in der Weihnachtsstube zum Glück nichts mitbekam.

Wie still es geworden ist! Alle hauen so richtig rein in das leckere, deftige Abendessen. Alle? Oma lässt wieder ihren Blick schweifen. Aha, Jana nintendet. Daniel scheint wieder mal zu telefonieren, geschäftlich. Und Nico sitzt mit einer Schale Chips bei seiner schönen Autorennbahn. Immer wenn er sich den Mund vollgestopft hat, lässt er wieder und wieder ein Auto fliegen. Dann sammelt er sie geduldig aus dem Weihnachtsbaum. Dass dieser dadurch wieder seine Schräglage einnimmt, fällt zunächst keinem auf. Selbst dem fröhlich angeheiterten Björn nicht, der sich zu Nico auf den Teppich begibt, um auch Rennfahrer zu spielen. Obwohl er seiner Frau auch gern ein Geschicklichkeitsfahrtraining geschenkt hätte, fehlt ihm selbst jedes Gefühl für gefühlvolles Fahren mit den Spielautos. Ein Auto nach dem anderen saust mit wahnsinniger Geschwindigkeit hinaus über die Rennstrecke und prallt gegen den Baum. Manches Auto trifft eine Baumkugel, die dann in tausend Stücke zerspringt. Da er schon tüchtig von seinen Weihnachtslikören genascht hat, lacht er schelmisch bei jedem Treffer und tut reumütig: „O, das t ... t ... tut mir aber leid! Die Rennbahn ist schuld!" Einige der Geschosse müssen wohl den Stamm zu heftig getroffen haben. Jedenfalls kippt plötzlich der Baum zur Seite! Die Stuhllehne bremst ihn ab. Es klirrt. Dann fallen Kugelscherben zu Boden. „Der Ooo - tan - nen - baaaum ist kaa – putt", schluchzt Nico jämmerlich. Er wird sofort von allen Seiten getröstet. „Das ist doch nicht so schlimm!" „Es sind doch nur ganz wenig Kugeln kaputt!" „Opa stellt ihn wieder gerade!" Dagegen ist der Übeltäter Björn schwerer zu trösten. Moni turtelt ihm scheinheilig zu: „Mein großer Junge, mach dir nichts daraus." Sie neckt ihn, indem sie ihm wie einem Kind über den Kopf streichelt: „Schatz, du bekommst von mir ein Fahrtraining geschenkt!"

Alle helfen, den Tannenbaum wieder aufzurichten. Die Spitze wird mit einer Schnur an der Gardinenstange festgebunden. Nico kann seinen O-Baum wieder bestaunen.

Die Familienfeier endet mit dem gemeinsamen Gesang: „O Tannenbaum ... " Nico schmettert tüchtig mit.

Der erste, der sich, als er zu Hause angekommen ist, über Handy für die wunderschöne Familienweihnachtsfeier bedankt, ist der Schwiegersohn Daniel.

Manfred Haertel

## *Der Weihnachtsvogel als Brandstifter*

Felix ist zehn Jahre alt. Obwohl Ferien sind, hält ihn heute nichts mehr im Bett. Schon seit um sechs Uhr liegt er hellwach und horcht auf jedes Geräusch aus dem Schlafzimmer der Mutter. Wann wird sie endlich aufstehen? Die älteren Geschwister sind bereits einer nach dem anderen aus dem Haus zur Arbeit gegangen. Diese Stille und das Warten sind für ihn eine unerträgliche Qual. Schon seit Tagen ist er aufgezwirbelt und hat mit großer Ungeduld die Tage gezählt. Heute, endlich heute, hat er das letzte Türchen vom Kalender geöffnet. Es ist Heiligabend. Seine Wunschliste ist diesmal bescheiden. An erster Stelle steht ein Wellensittich mit Vogelbauer. Ein Feuerwehrauto aus Blech soll´s auch noch sein, eine mit drehbarer und ausziehbarer Leiter.

Als Felix sich die Bescherung unterm Weihnachtsbaum ausmalt, hört er, wie die Sprungfedern einer Bettstelle unter der Last eines sich wälzenden Körpers ächzen. Sofort wirft er das Bettdeck zur Seite und hüpft aus dem Bett. Barfuß eilt er ans Bett der Mutter, die noch verschlafen auf den Wecker guckt, als sie das Licht der Schlafzimmerlampe blendet. „Junge", sagt sie, „es ist doch erst halb sieben!" Aber mehr kann sie nicht sagen, denn schon reißt Felix ihr die Decke vom warmen Körper. „Steh auf!" bittet er, „heute ist doch Heiligabend. Wir müssen doch noch viel vorbereiten!" Wie so oft an Sonntagen zieht die Mutter ihn unter die kuschlige Bettdecke. Aber heute will Felix nicht mehr kuscheln. Heute will er seine Pflichten sofort erfüllen, die ihn die Mutter auferlegt hat.

Nach dem Frühstück, das heute besonders kräftig sein musste, brechen Mutter und Sohn auf, um die schwerste Arbeit des Tages zu erledigen. Es schneit, die Straßen sind glatt. Ein eisiger Wind zwickt und rötet die Wangen. Kein günstiges Wetter, um mit dem Kohlehandwagen Kohlen heranzuschaffen. Es muss aber sein, denn im Keller sind nur noch zwei Marmeladenpappeimer voll Kohle. Und der Kohlehändler Wittke hatte zur Mutter gesagt: „Die Handwagen sind alle ausgeliehen. Wenn sie dieses Jahr noch Kohlen brauchen, dann müssen sie Heiligabendvormittag kommen! Ich reserviere ihnen einen Handwagen." Die Mutter war froh und ist auf sein Angebot ohne zu zögern eingegangen.

Jetzt placken sich die beiden ab, die zwei Zentner Briketts die Anhöhe einer Brücke hinauf zu bekommen. Mutter zieht, und Felix wirft seinen schmächtigen Körper gegen den Handwagen und schiebt. Bei der Straßenglätte eine gewaltige Kraftanstrengung. Immer wieder müssen beide anhalten und atemlos verschnaufen. Und rutschige Straßenbahngleise. Dazu hinter ihnen das ungeduldige Bimmeln der Straßenbahn. Aber sie können nicht ausweichen. Der Bürgersteig ist zu schmal. Außerdem ist die Kante viel zu hoch, um die mit Eisenringen umspannten Räder darüber hinweg zu bekommen. Da erbarmt sich ein Mann und hilft schieben. Felix atmet erleichtert auf. Die Mutter dreht sich um und lächelt dankbar. Die bunten Schaufenster der Geschäfte sind weihnachtlich geschmückt und lassen nun doch wieder in Felix eine erwartungsvolle Weihnachtsstimmung aufkommen. Es geht bergab. Jetzt muss der Handwagen abgebremst werden. Auch nicht leicht bei der Glätte. Felix klammert sich am Wagen fest und schlittert hinterher. Bis nach Hause sind es noch gute zweihundert Meter. Auf gerader Strecke verabschiedet sich der Fremde. Dann haben sie es geschafft. Die Kohlen werden vor der Haustür rasch abgeladen. Der Handwagen muss schnell zurück. Jede Stunde kostet Leihgebühr. Wie ein junges Pferd spannt sich Felix vor den Handwagen und läuft wiehernd los. Die Mutter schaut kopfschüttelnd ihrem Springinsfeld hinterher, sammelt dann die Kohlen in die Pappeimer und schleppt sie in den Keller.

In Windeseile ist Felix vom Kohlenhändler zurück. Er klaubt noch die restlichen Kohlen zusammen. Bald ist die schlimmste Arbeit verrichtet. Weihnachten brauchen sie nicht zu frieren. Mutter macht für jeden eine Tasse heiße Brühe. Beide wärmen sich in der Küche am Herd auf. Das bullernde Feuer verbreitet eine behagliche Wärme. „Mutti", fragt Felix, indem er auf ihren Schoß rutscht, „bekomme ich alles vom Weihnachtsmann, was auf meinem Wunschzettel steht?" Die Mutter verzieht das Gesicht, als wolle sie diese wichtige Frage ernsthaft überdenken, antwortet dann aber ganz lapidar: „Hängt davon ab, ob du artig warst. Der Weihnachtsmann kennt all die guten und die bösen Kinder!" Dabei schmunzelt sie vor sich hin, denn sie kennt nur zu gut die Ungeduld und die unstillbare Neugier ihres Felix´. Sie hat ihn schon oft beim Nachschnüffeln erwischt, weil er das Geheimnis um seine Geschenke schon vor Heiligabend lüften wollte. Aber bei den Nachbarn sind die Heimlichkeiten gut aufgehoben. Doch so schnell gibt Felix nicht auf und er bettelt weiter: „Ach Mutti, verrat´ doch nur ein Klitzekleinesbisschen!" Die Mutter schiebt ihn vom Schoß und meint: „Mein Lieber, die Pflichten warten! Du musst noch den Einkauf erledigen!" Enttäuscht schnappt sich Felix die Einkaufsutensilien.

Mit seinem Schlitten, mit Einkaufsnetz und Einkaufsbeutel saust Felix, so gut es bei der Glätte geht, von Geschäft zu Geschäft. Die Verkäuferinnen kennen ihn schon gut. Hier und da bekommt er auch was zugesteckt – ist ja Weihnachten. Mit Riemen schnürt er Beutel und Netz auf dem Schlitten fest und eilt wieder nach Hause.

Die Geschwister sind heute früher nach Hause gekommen. Allen ist eine sonderbare Stimmung anzumerken. Es ist die Vorfreude auf das Fest. Entsprechend der Familientradition schmücken der ältere Bruder und die älteste Schwester den Weihnachtsbaum. Felix darf in dieser Zeit die Wohnstube nicht betreten. Er darf überhaupt erst mit der jüngeren Schwester zur Bescherung den geschmückten Weihnachtsbaum sehen. Sein Platz ist in der Küche. Ebenfalls traditionsgemäß muss er den Grünkohl durch den Wolf drehen. Und dabei ist er ganz penibel und stolz obendrein. Niemand darf ihn bei seiner Arbeit stören, nicht einmal ansprechen darf man ihn dann. Wagt das dennoch jemand, dann schimpft er: „Soll ich mir die Finger wegratschen? Lasst mich in Ruhe!" Dabei schwingt aber auch ein wenig Ärger darüber mit, dass er nicht mal nur kurz in die Wohnstube luchsen darf. Er mag doch so gern den glitzernden Baum. Mutter beharrt immer darauf: „Erst wenn ich das Glöckchen erklingen lasse, dann ist Bescherung!" Sie lässt sich nicht erweichen, auch durch Felix´ strategisch-taktische Schmuserei nicht. Bald strömen die üblichen Weihnachtsdüfte durch die ganze Wohnung und verzaubern alles – Tannenduft, Bratenduft, Lebkuchenduft und Apfelduft.

Nach all den Vorbereitungen wird sich in der Küche gründlich abgeseift. Felix steht in der weißen emaillierten Waschschüssel, taucht den Waschlappen ins warme Wasser und lässt es von oben über seinen Körper rieseln. Er genießt eine Weile diese Prozedur, bis seine Geschwister an der verschlossenen Tür pochen und ihn ermahnen, er solle sich beeilen. Eine helle Hose, ein weißes Hemd, seine pomadisierte Tolle haben Felix herausgeputzt. Sein Gesicht glänzt. Die innere Spannung, die Ungeduld spiegeln sich in seinen blanken Augen wider. Von Ungeduld gepeinigt sitzt er auf einem Küchenstuhl. Deutlich hört er sein Herz klopfen. Seine Finger drehen einen Zwirbel ins Haar.

Endlich läutet die Bescherungsglocke im hellen Klang. Das Zeichen! Sein Zeichen! Felix springt auf, läuft in die Stube und stockt. Erst bewundert er den Lichterbaum, an welchem die Kerzen flackern. Dann schweift sein Blick unter die Tanne. Ein Zwitschern dringt an seine Ohren. Ein blausilberner Vogelbauer steht im schummrigen Kerzenlicht. Aufgeregt flattert ein Vogel gegen das Gitter. Ein blauer Wellensittich. „Der heißt Lore!" sagt Felix voller Entzücken. „Woher weißt du, dass es eine Lore ist? Kann doch ein Peter oder Max sein?" fragt die Mutter. Felix möchte sich auf den Vogelbauer stürzen und überschlägt sich fast, als er meint: „Lore gefällt mir eben. Sollte ja auch ein Weibchen sein. Das bekommt Junge."

Aber sein Ansturm wird von der Mutter gebremst: „Erst singen wir wenigstens ein Weihnachtslied! Und ein hübsches Gedicht musst du auch vortragen! So wie jedes Jahr." Felix verdreht genervt die Augen. Auch seinen Geschwistern missfällt diese Tradition. Ziemlich albern, ohne jeglichen feierlichen Ernst, brummeln sie kichernd: „O Tannenbaum, o Tannenbaum..." Nur die Mutter singt eisern alle Strophen und das mit einer schönen, klaren Stimme. Felix rasselt schnell noch „lieber, guter Weihnachtsmann ... " runter. Erst dann ist er von seiner Folter erlöst und kann sich seiner Lore widmen, die noch immer mit heftigem Flügelschlag ihr neues Zuhause in Besitz nimmt. Felix liegt auf dem Bauch und redet auf den Vogel ein: „Lore! Lore! Komm, sag mal Lore! Na los! Lore! Ist doch nicht schwer. Pass auf!" Und er spitzt die Lippen, macht ein schmatzendes Geräusch und wiederholt mit piepsiger Stimme: „Ich heiße L o r e! L o r e! L o r e!" Und tatsächlich scheint Lore lernwillig zu sein. Sie sitzt still auf der Schaukel, hält den Kopf in Felix´ Richtung und schaut ihn an. Felix ist überwältigt und sagt zur Mutter: „Guck mal, wie die auf mich hört! Die lernt bald sprechen. Das bringe ich ihr schon bei." Der Stabilbaukasten und das Feuerwehrauto interessieren ihn nicht mehr so sehr. Nur noch der bunte Teller findet sein Interesse. Fondant und Persipan stopft er in sich hinein. Es reizt ihn ungemein, jetzt die Tür vom Vogelbauer zu öffnen. Und er fragt: „Ob mein Wellensittich auch richtig fliegen kann?" Die Mutter ermahnt ihn: „Lass das mal lieber noch sein! Der Verkäufer hatte extra gesagt, dass wir ihn nicht gleich rauslassen sollen. Er muss sich erst an seine neue Umgebung gewöhnen." Felix quengelt weiter: „Och Mutti, nur einmal fliegen lassen, bitte!" Während die anderen Geschwister mit ihren Geschenken beschäftigt sind, hat die Mutter zu tun, den nervigen Felix von einer Dummheit abzuhalten. Doch sie gibt seiner Bettelei nicht nach. Er stellt den Vogelbauer auf den Tisch, nimmt sich das Feuerwehrauto, umbraust mit damit und mit „Tatütata!" den Vogelbauer. Dadurch wird die Lore immer aufgescheuchter. Sie zwitschert laut und schrill, als wolle sie sich beschweren, weil Felix sie so sehr erschreckt hat.

In der Küche bereitet die Mutter das Abendbrot vor. Ihr fehlen noch die sauren Gurken aus dem Keller. Außerdem möchte sie der Lore ein bisschen Ruhe verschaffen. Deshalb ruft sie aus der Küche: „Felix, geh mal in den Keller und hole ein Glas saure Gurken hoch!" Da der Felix sowieso ein Springinsfeld und bereits ziemlich aufgedreht ist, prescht er los, um schnell wieder bei seiner Lore zu sein. Die dritte Treppenstufe wird ihm zum Verhängnis. Mutter hatte erst gestern die Treppe frisch mit rotbraunem Bohnerwachs gewienert. Mit seinem Pantoffel rutscht er ab. Ein Aufschrei! Ein Poltern! Dann saust er auf dem Hosenboden hopp, hopp, und nochmals hopp, hopp, hopp die Stufen hinunter. Die Mutter eilt erschrocken aus der Küche, um zu sehen, was da passiert ist. Unten angekommen, reibt sich Felix die Backen. Wie eine Sirene heult er los, dass es seiner besorgten Mutter durch Mark und Gebein geht. Er humpelt nach oben. Dort erwartet ihn die Mutter mit vorwurfsvollen Worten: „Musst du denn immer so wild sein? Kannst du nicht einmal langsam und vernünftig die Treppe runtergehen?" Plötzlich fällt ihr Blick auf den Hosenboden der schönen, neuen, hellen Hose, die er nur anlässlich der Feiertage oder an Sonntagen tragen soll. „Jetzt hast du die schöne, neue Hose versaut!" Sie kann sich nicht mehr beherrschen und gibt ihm einen Katzenkopf. Der ganze Hosenboden ist rotbraun gefärbt. „Wie soll ich das wieder rausbekommen?" schimpft sie vor sich hin und zieht Felix die Hose ziemlich derb vom Leib. Der Heiligabend scheint schon zu Ende zu sein, denn er muss seine alte Trainingshose überziehen. Da helfen ihm kein Schluchzen und kein Jammern.

Leise vor sich hin wimmernd, sitzt Felix auf dem Sofa. Hin und wieder trifft ihn ein schadenfroher Blick der Geschwister. Seine ältere Schwester will ihn  trösten. Aber er weist sie von sich: „Brauchst nicht zu lachen!" Zu seiner Lore gewandt sagt er: „Die sind alle blöd! Du nicht! Du bist schließlich mein Piepmatz!"

Mutters Kartoffelsalat und die Bockwurst wollen ihm heute überhaupt nicht schmecken. Er stochert mit seiner Gabel nur darin herum. Sein noch immer tränenverhangener Blick geht dauernd zu seinem Wellensittich. Schließlich spießt Felix ein kleines Stück von der Bockwurst auf seine Gabel und schiebt es unauffällig zwischen die Stäbe in den Vogelbauer. Sofort schreckt Lore auf und schlägt heftig mit den Flügeln. Der Bruder reißt ihm die Gabel aus der Hand und schnauzt ihn an: „Bist du verrückt? Wellensittiche picken keine Bockwurst!" Auch die Mutter reagiert entsetzt: „Also, du bist wohl noch zu klein für einen Vogel, glaube ich. Der bekommt sein Wellensittichfutter! Nichts anderes! Klar? Also heute hast du aber bald Land, mein lieber Scholli! Für dich ist Heiligabend zu Ende! Mach dich ins Bett!" Das ist es aber, was Felix überhaupt nicht passt. Er spielt wieder einmal seinen Trumpf aus, rutscht auf Mutters Schoß, umschmust sie mit treulieben Blicken. Vergessen sind auf einmal Treppensturz und Bohnerwachshose. Der Heiligabend soll harmonisch ausklingen. Und das bei ein paar Runden Mensch-ärger-dich-nicht-spiel. Dann werden vorsichtig alle Baumkerzen ausgepustet. Felix deckt ein Tuch über den Vogelbauer und sagt etwas wehmütig zu seiner Lore: „Kannst ja doch nicht sprechen. Hoffentlich kannst du aber fliegen? Morgen üben wir das!"

Felix hat eine unruhige, schlaflose Nacht mit Albträumen hinter sich. Dennoch ist er flink aus dem Bett und muss sofort nach seiner Lore schauen. Die zwitschert schon munter und zufrieden vor sich hin. Noch im Schlafanzug beugt Felix sein Gesicht dicht an das Gitter und säuselt Lore zu: „Na, mein Lieblingsvögelchen. Hast du gut geschlafen? Dein Herrchen ist bei dir ... " Der Bruder ruft aus der Küche: „Das ist doch kein Hund!" Felix erwidert: „Na und? Ich bin trotzdem ihr Herrchen. Und fliegen lass ich sie heute auch. Ist ja so eng im Käfig!" „Das lass mal schön sein!" entgegnet sein Bruder, „Mutti hat es doch verboten!"

Draußen ist es ziemlich düster. Dicke Schneewolken hängen am Himmel. Zum Frühstück sind die Lichter angezündet. Sie spiegeln sich in den Baumkugeln und im Lametta. Felix ist allein in der festlichen Wohnstube. Er ist unbeobachtet. Und seine Lore kommt ihm so traurig vor. Sie sitzt stumm auf der Stange und äugt ihn verführerisch an. Ein kleiner Handgriff ist es nur, denkt Felix und bewegt seine Hand in Richtung Käfigtür, erst zaghaft, dann rasch und zielgerichtet. Ein lautloses Knacksen, die Tür sperrt auf. Lore sitzt einen Moment wie versteinert da, hüpft dann auf den Türrand und flattert, vergnügt zwitschernd, ins Zimmer hinaus. „Lore kann fliegen!" jubelt Felix und jagt sie vom Schrank zur Gardinenstange und von der Lampe auf den Ofen. Dann krallt sie sich an der Gardine fest und zwitschert fröhlich vor sich hin. Da kommt der Bruder aus der Küche gestürmt und schreit: „Bist du verrückt? Das Fenster ist auf!" Durch das Geschrei wird Lore aufgeschreckt und flattert verängstigt durch die Stube und geradewegs auf das zum Lüften geöffnete Fenster zu. Felix kreischt: „Sie fliegt raus! Hilfe! Mach das Fenster zu! Schnell!" Lore zieht ein paar Kreise, liebäugelt sichtlich mit der großen Freiheit, scheint aber von den frostigen Temperaturen in der Freiheit abgeschreckt zu sein und landet im hell erleuchteten Weihnachtsbaum. Inzwischen sind auch die Mutter und die Schwestern ins Wohnzimmer geeilt und verfolgen aufgeregt Lores Flugkünste. Das Fenster ist sofort geschlossen. Nun bangen alle um den Weihnachtsbaum. Jeder versucht, Lore auf seine Hand zu locken. Beängstigt schauen alle zu den brennenden Kerzen, deren Flammen bei jedem Flügelschlag gefährlich zu flackern beginnen. Jeder hält gespannt die Luft an, als sich Lore munter und flügelschlagend zwischen den Zweigen bewegt. Der Baum wackelt. Kerzen drohen aus ihrem Kerzenhalter zu kippen. Felix verkrümelt sich hinter einen Sessel. Plötzlich ein Knistern! Dann lodert zischend eine Flamme. „Der Baum brennt!" rufen die beiden Schwestern gleichzeitig. Zu allem Unglück steht der Baum vor dem Fenster, dicht an der Gardine. Lore kann noch rechtzeitig der Gefahr entfliehen. Der Bruder kommt mit einer Schüssel Wasser aus der Küche gerannt. Die Mutter und die Schwestern pusten emsig die Kerzen aus. Zwei Zweige haben bereits Feuer gefangen. Im wahrsten Sinne eine brenzlige Situation. Der Bruder zögert nicht lange und schüttet das Wasser in den Baum. Die halbe Schüssel Wasser löscht glücklicherweise die Flammen und rettet das Weihnachtsfest.

Lore sitzt still und ängstlich in ihrem Käfig. Felix kauert noch immer vor Furcht hinterm Sessel. Die Mutter lässt sich auf das Sofa fallen und faltet die Hände zum Gebet. Die Geschwister versuchen, die Spuren der Beinahkatastrophe zu beseitigen. Der Weihnachtsbaum sieht arg ramponiert aus.

Manfred Haertel

## Schräge Weihnachten

Der Wecker klingelte um halb vier. Die Augenlider waren wie festgeklebt. Sämtliche Glieder befanden sich noch im Schlaf. Ich rekelte mich unter meiner Bettdecke hervor. Die Zimmerkälte lockte mich wahrlich nicht aus dem muschligen Bett. Augenblicklich erhellte sich mein Gemüt. Heiligabend! Und bei der Post warteten die Frauen der Pakethalle auf mich. Auch der K 30, im Volksmund Phänno genannt, wartete darauf, mit vielen Weihnachtspaketen beladen zu werden. Als Student verdiente man sich in den Ferien gern ein Zubrot zum schmalen Stipendium. Also schüttelte ich den Schlaf von mir, sprang aus dem Bett, wusch mich, zog mich an und schwang mich auf mein altes Fahrrad, das mich ächzend und klappernd durch die schlafende Stadt trug.

Ich betrat die Pakethalle, in der die fleißigen Frauen für jede Tour die Ladung bereits sortiert hatten. Obwohl übernächtigt, waren sie munter und ausgelassen fröhlich. Man spürte sofort, dass heute ein besonderer Tag, der schönste Tag des Jahres war – Heiligabend. Man merkte das auch am Geruch. Die vielen Westpakete strömten einen aromatisierenden Duft aus, der einem die Besinnung rauben konnte und uns vom goldenen Westen träumen ließ. Es roch nach Bohnenkaffee, Sarotti, Styvesant und 4711. Nach einem fröhlichen „Guten Morgen!" beguckte ich mir meine Ladung. Dann fuhr ich meinen LKW rückwärts in die Halle und begann mit dem Laden. Die Westpakete waren hübsch verpackt. Man wagte kaum, sie so lieblos in den LKW zu werfen. Die Zeit drängte wie immer, und so konnte man keine Rücksicht nehmen. Dann griff ich einen flachen, rechteckigen, ziemlich unansehnlichen Karton mit einer verdammt dünnen Schnur, die mir schmerzhaft ins Fleisch schnitt. Ich war froh, den Schmerz an den Fingern los zu werden und warf den Karton auf die Ladefläche. Es schepperte. Es klirrte. Und sofort ergoss sich eine braun-

50

gelbe Flüssigkeit über die Ladefläche. Ich erschrak. Noch ehe ich mir des Malheurs bewusst war, stank es wie in einer Kneipe kurz nach Mitternacht. Bier floss zu einem kleinen See auf der Ladefläche. Sofort liefen die Frauen herbei, betrachteten den Schaden und halfen mir, den Karton samt Inhalt wieder aus dem LKW zu nehmen. Das Paket war für einen Soldaten in der Kaserne bestimmt. Wegen der Schadensbenachrichtigung mussten wir das Paket öffnen. Wir staunten nicht schlecht und konnten uns das Lachen nicht verkneifen, denn der Absender musste ein Witzbold gewesen sein. So war das Paket gepackt: Eine Reihe von sechs Bierflaschen, darüber nur **einen** Zeitungsbogen der Zeitschrift „Eulenspiegel" (wie passend!). Darauf lag wieder eine Reihe von sechs Bierflaschen. Noch dazu war es das scheußliche „Wiesenburger". Demnach kein Verlust! Ärgerlich war nur, dass die Ladefläche gesäubert werden musste und der Biergestank den weihnachtlichen Duft verdarb. Inzwischen tauchte auch mein Beifahrer Winne auf. Gemeinsam beluden wir den LKW. Hinzu geladen wurden auch noch die Zeitungen und die Post für die Dörfer.

Ich ahnte nicht, was das für ein Weihnachten für mich werden sollte. Jedenfalls verließen wir pünktlich kurz vor sechs das Postgelände. Die Straßen waren nass. Leute hasteten zur Arbeit. An den Haltestellen drängten sich unausgeschlafene Gestalten. Die Stadt erwachte. Ich steuerte den Wagen hinaus auf die Landstraße. Wieder spürte ich deutlich das Schlackern in der Lenkung. Erst Tage zuvor hatte ich den Werkstattchef darauf hingewiesen, dass die Lenkung zu viel Spiel hätte. Er antwortete gereizt: „Jetzt in der Weihnachtszeit werden alle Fahrzeuge dringend gebraucht. Fahrt vorsichtig! Dann passiert nichts!" Das war alles, was er sagte. Bei den Unebenheiten des Straßenpflasters, vor allem im Bereich der Straßenbahnschienen, war es fast unmöglich, das Fahrzeug in der Spur zu halten. Wir näherten uns dem Stadtausgang, da, wo die kleinen Pflastersteine in eine asphaltierte Chaussee übergingen. Ich fuhr noch immer 50 km/h. Plötzlich ein Holpern an der Stelle, wo eine kleine Kante den Übergang zur Chaussee markierte. Die Lenkung reagierte nicht mehr. Der K 30 rutschte geradeaus und begann sich zu drehen. Winne griff erschrocken in das Lenkrad und jammerte: „Wir verunglücken! Wir knallen gegen einen Baum! Mach doch was! Ich will doch nicht krepieren!" Auch mir war der Schreck in die Glieder gefahren. Aber ich zwang mich zur Ruhe und Besonnenheit, was nicht leicht war. Ich klopfte ihm auf die Finger und schrie ihn an: „Hände weg! Du kannst sowieso nichts machen!" Er aber zeterte weiter und jammerte was vom Tod. Ich hielt das Lenkrad fest mit beiden Händen umschlossen, so als wäre es ein Rettungsring bei einer Schiffskatastrophe in stürmischer See. Während Winne verbissen gegen den vermeintlich bevorstehenden Tod ankämpfte und ich ebenfalls in panische Angst fiel, sauste der LKW rutschend und sich dabei drehend die Chaussee entlang. Ich fürchtete nur den Gegenverkehr. Gott sei dank kam uns kein Fahrzeug entgegen. Die Radfahrer fuhren auf dem Radweg. Die Rutschgeschwindigkeit ließ nach. Die linken Räder kamen auf dem unbefestigten Sommerweg zum Stehen. Aber plötzlich – o, welch ein Schreck – legte sich der Wagen nach links auf die Seite, ganz allmählich drohte er umzukippen. Mir blieb das Herz fast stehen. Winne schrie: „W...w...w... was passiert denn jetzt? Verdammt!" Völlig genervt antwortete ich: „Wir kippen um!" Und das mit dem bis obenhin voll geladenen Postauto! Schöner Heiligabend! Das gibt Ärger!" Auf einmal, der Wagen war so um 30 Grad nach links geneigt, spürten wir keine Kippbewegung mehr. Atemlose Stille! Ganz langsam bewegte sich das Auto wieder nach rechts und stand auf seinen vier Rädern. Ich atmete erleichtert tief durch. Wir stiegen mit schlotterigen Beinen aus und hatten Mühe, nicht auf der vereisten, spiegelglatten Chaussee auszurutschen. Blitzeis! Über die Freude, noch am leben zu sein, steckte sich Winne sofort eine Zigarette an. Mit bleichen Gesichtern schauten wir uns an und fielen uns dann erlöst in die Arme. In der Dunkelheit näherten sich nun Scheinwerfer. Wir leiteten zwei Fahrzeuge an uns vorbei. Dann mussten wir die Heiligabendtour fortsetzen. Mir saß der Schock tief in den Gliedern, so dass ich mich nicht imstande fühlte, wieder hinterm Lenkrad zu sitzen. Winne fuhr weiter. Uns beschäftigte nur die eine Frage: Warum ist das Auto nicht umgekippt, wo es doch schon so schräg gestanden hatte?

Dieser verhexte Heiligabend sollte sich fortsetzen. Als wir im ersten Dorf Pakete, Zeitungen und Post ausgeladen hatten, fragte der Poststellenleiter mit sehr ernster Miene und im strengen Ton: „Und wo ist der ZKD-Beutel?" Ich als der Verantwortliche für Unterschriften entgegnete unschuldig: „Heute war kein ZKD-Beutel dabei." „Stimmt nicht", sagte der Leiter und wies auf die Ladeliste, „hier steht ein ZKD-Beutel. Also, wo ist der?" Ich schwor, keinen ZKD-Beutel geladen zu haben. „Na gut", sagte der Leiter, „dann muss ich euch festsetzen und sofort die Polizei verständigen. Ihr fahrt nicht weiter!" Winne und ich bekamen jetzt noch größere Angst als vorher bei der Pirouette des Postautos. Ein ZKD-Beutel war unbestritten das Heiligtum unserer Behörden. In dem verplombten Beutel wurden wichtige behördliche Schreiben, Dokumente und sonstige wichtige Unterlagen transportiert, zum Beispiel Wehrdienstausweise und dergleichen. Sollte dieser Beutel tatsächlich abhanden gekommen sein, dann ist jetzt meine Studentenlaufbahn zu Ende, sagte ich mir. Der Knast würde auf Winne und auf mich warten. Mit Engelszungen redete ich auf den Poststellenleiter ein. Verzweifelt bat ich ihn mehrmals, nicht gleich die Polizei anrücken zu lassen, sondern vorher noch im Hauptpostamt nachzufragen. Denen dort schien er keine Verfehlung zuzutrauen, denn er griff immer noch nicht zum Hörer. Das machte mich wütend. Ich nahm den Hörer, wählte die Nummer und hatte nach mehreren Weiterleitungen endlich den Verantwortlichen für die ZKD-Beutel an der Strippe. Meine Stimme vibrierte, mein Mund war wie ausgetrocknet, als ich fragte: „Ist da ein ZKD-Beutel liegen geblieben?" „Moment!" sagte er kurz. Es dauerte. Sekunden vergingen wie Stunden. Endlich knackte es wieder im Hörer und er sagte im bedauernden Tonfall: „Den haben wir übersehen. Tut mir leid. Gib mir mal den Leiter!" In diesem Augenblick fiel mir gleich ein ganzes Gebirge vom Herzen und ich reichte den Hörer mit einem erlösenden Grienen weiter. Ich konnte es mir nicht verkneifen, Winne kräftig auf die Schulter zu klopfen und ihm zu verkünden: „Wir sind gerettet. Der Beutel ist im Postamt!"

Als wir zur Poststelle vom nächsten Dorf kamen, war es schon hell geworden. Uns beschäftigte noch immer das unerklärliche Wunder, warum das Auto nicht umgekippt war. Wir inspizierten das Auto. Winne rief mich zu sich, zeigte mit der Hand zum Aufbau hoch und sagte mit schauerlichem Grinsen: „Da! Guck dir mal die große Beule an! Da müssen wir gegen einen gewaltigen Ast gestoßen sein. Unser Glück." Ich sah die eingedrückte Stelle genau oben an der vorderen Ecke des Aufbaus. Nur zwanzig Zentimeter davor, und das Auto wäre ohne Zweifel umgekippt. Nun dachte ich doch an Schutzengel und malte mir den aufwändigen Einsatz aus, der bedeutet hätte, den beladenen LKW mit einem Kran hochzuhieven. Noch schlimmer wären die Folgen und der Ärger gewesen. Unsere weitere Tour verlief zum Glück ohne nennenswerte Zwischenfälle. Als wir ins Postamt zurück gekehrt waren, war der Werkstattchef bereits auf dem Weg nach Hause ins Weihnachtsfest.

Um eins war auch für mich Feierabend. Ich radelte nach Hause. Ich war müde, von den abenteuerlichen Strapazen ausgepowert und in ziemlich gereizter Stimmung. Aber da war noch die Sache mit dem Weihnachtsbaum. Mein Schwiegervater wollte unbedingt mit mir zwei frische Bäume aus dem Wald holen. Vergeblich hatte ich mich gegen dieses Ansinnen gewehrt. Doch meine Frau meinte: „Fahr doch mal mit! Tu ihm doch den Gefallen!" Da ich aber meinen Schwiegervater nur zu gut kannte und wusste, dass er am Heiligabend noch um sechs Uhr abends den Hof zu fegen oder den Rasen zu harken pflegte, sträubte ich mich zuerst, gab dann aber meiner Frau zuliebe nach. Um vierzehn Uhr starteten wir mit den Fahrrädern und einer Säge. Auf zur Schweineinsel! Um dort hinzugelangen, mussten wir einen lang gezogenen, zugefrorenen See überqueren, den bereits eine unberührte, zehn Zentimeter hohe Schneedecke bedeckte. Der Anblick war ein winterlicher Traum, wenn nur nicht das Vorwärtskommen so sehr anstrengend gewesen wäre. Immer wieder mussten wir absteigen und die Räder durch Schneewehen schieben. Vor mir flatterte der Atem des Schwiegervaters in die frostige Luft. Ich schwitzte und keuchte und hatte große Mühe, mit seinem Tempo mitzuhalten. Er war drahtig und körperliche Anstrengung gewöhnt. Und ich ahnte, er würde es auskosten, mir zu beweisen, in körperlichen Strapazen überlegen zu sein. So biss ich die Zähne zusammen und kämpfte mich Schritt für Schritt voran. Angekommen auf der besagten Schweineinsel ging das Suchen los. Kein Baum gefiel ihm. Der eine war zu groß, der andere zu klein. Einer legte unten zu weit aus, der andere war zu kahl. Der andere Baum war zu krumm oder hatte zwei Spitzen. Mich machte es schon rasend. Immer, wenn er sich einen Baum etwas länger und genauer ansah, sagte ich: „Na endlich! Der sieht doch gut aus!" Dann wiegte er nur den Kopf hin und her und wies auf irgendeinen Makel hin, der mich überhaupt nicht mehr interessierte. Und er stapfte weiter durch den Schnee. Ich schaute besorgt auf die Uhr. Es wurde schon schummerig. Immer weiter führte uns die Suche auf die Insel hinauf. Letztlich drängte ich ihn, schon sehr misslaunt, nun endlich zwei Bäume abzusägen. Er aber hatte sich wohl in den Kopf gesetzt, mir jungen Spund zu zeigen, wie man sich einen Weihnachtsbaum selbst beschafft, so mit richtiger Abenteuerromantik. Im Dunkeln, im Schein der Taschenlampe, es war kaum noch etwas zu erkennen, sägte er endlich für sich und für mich eine Fichte ab. Diese verschnürten wir auf unseren Rädern und brachen zum Heimweg auf.

In mir hatte sich bereits die Wut angestaut, die Wut darüber, dass er meinen mehrmals wiederholten Wunsch ignoriert hatte, rechtzeitig umzukehren. Der Rückweg war noch strapaziöser. Wir hatten den scharfen, kalten Ostwind von vorn. Und vor uns immer wieder Schneewehen, durch die es für uns kaum noch ein Vorwärtskommen gab. Mir gingen die wunderschönen, feierlichen Heiligabende im warmen, festlich erleuchteten Wohnzimmer der Kindheit durch den Kopf. Und mir war zum Heulen. Also hielt ich mich bei Laune und pfiff leise das Lied von Rudolf dem Rentier. Vor mir kämpfte sich der Schwiegervater durch den Schnee, und in mir krampfte sich das Herz zusammen. Gegen neunzehn Uhr hatten wir ungefähr die Mitte des Sees erreicht. Wie zum Hohn schallte auf einmal Glockengeläut von einer Dorfkirche zu uns herüber. Da kamen mir nun doch die Tränen. Solch einen ersten verpfuschten Heiligabend mit meiner schwangeren Frau hatte ich mir nun wirklich nicht träumen lassen.

Kurz nach zwanzig Uhr trafen wir zu Hause ein. In mir tobte ein Vulkan. Sein Ausbruch begann, indem ich das Fahrrad samt Baumkrücke, denn im Hoflicht erkannte ich erst, dass die Fichte ein Krüppel von Baum war, hochhob und mit aller Kraft in die Ecke schleuderte. Dann ging ich wortlos in die Wohnung, wo mich meine Frau mit einem schuldbewussten Lächeln empfing. Sie wollte sich tröstend an mich schmiegen. Doch ich schob sie stumm und energisch beiseite, ging ins Bad und legte meinen Körper mit den eiskalten Händen und Füßen in das wohlig warme Badewasser. Für das Bad ließ ich mir Zeit. Ich hatte mich eingeschlossen und genoss es sehr, dass meine Frau mehrmals zaghaft gegen die Tür klopfte. Dabei wurde mir meine Sturheit selbst zur Qual, denn ich sah sie mit ihrem Schwangerschaftsbäuchlein vor mir. Aber ich wollte eben auch um jeden Preis meine Sturheit auskosten. Nach einer Weile kam mein Schwiegervater mit unserem bereits hübsch angeputzten Weihnachtsbaum nach oben und stellte ihn stillschweigend in unser Zimmer. Jedoch, die Bescherung fiel trotzdem aus. Man ging sich den Rest des Abends schweigend aus dem Weg.

Gegen null Uhr wurde ich von einem anderen Aushilfsfahrer zum Dienst abgeholt. Pakete mussten die ganze Nacht vom Bahnhof in die Pakethalle abgefahren werden. Um Geld zu verdienen, nahm ich jeden Dienst an, der sich mir bot. Also klemmte ich mich ziemlich müde hinter das Steuerrad eines H3A mit Hänger und fuhr an diesem Heiligabend etwas vergrämt mehrmals meine Tour.

Gegen fünf startete ich mit meinem H3A voll gepackt zu einer Kleinstadt. Es hatte ununterbrochen geschneit. Die Chaussee war glatt. Ich hatte das Erlebnis vom Morgen noch vor Augen und fuhr äußerst vorsichtig und ziemlich langsam. Ich war mit meinem Postauto allein auf der Landstraße. Der Scheibenwischer ging hin und her. Auf einer kurvenreichen Strecke sah ich einen dunklen Schatten aus dem Wald springen. Kurz darauf verspürte ich einen dumpfen Schlag vorn an der Stoßstange. Ein Tier! schoss es mir durch den Kopf, und ich wollte schon auf die Bremse treten, besann mich aber. Das abrupte Bremsen wäre lebensgefährlich geworden. So prägte ich mir die Stelle genau ein und fuhr die fünf Kilometer weiter bis in die Stadt. In der Poststelle hatte ich es dann sehr eilig, das Auto zu entladen. Meine üblichen Scherze blieben aus. Die Frauen wunderten sich darüber und meinten etwas beleidigt: „Der junge Mann ist heute anscheinend nicht ausgeschlafen." Sie hatten nur teilweise recht, denn insgeheim dachte ich unentwegt an das Tier, das ich angefahren haben musste. Ich wünschte noch schöne Feiertage, dann saß ich auch schon wieder hinterm Lenkrad. Noch waren die Straßen fast leer.

56

Ich konnte besonders aufmerksam auf die Straße schauen. Und tatsächlich. In einer Linkskurve erblickte ich ein Reh, das dort lag, den Kopf hob und in den Scheinwerfer blinzelte. Entschlossen hielt ich vor dem Reh an und stieg aus. Sofort überkam mich ein so großes Mitleid mit dem Tier, das mich ganz ruhig mit seinen braunen Augen ansah, aber so flehentlich, als wollte es sagen: Hilf mir! Ich schimpfte im panischen Entsetzen mit mir selber: „Ich Esel! Warum habe ich nicht besser aufgepasst? Was wird jetzt? Was soll aus dem armen Rehlein werden? Es muss zum Tierarzt! Ja, sofort zum Tierarzt! Ich kann es doch nicht hier liegen lassen? Ich muss es sofort zum Tierarzt bringen! Mitnehmen! Was sonst?" Und während ich so mit mir haderte, ging alles fast automatisch. Ich breitete auf der Ladefläche leere Postsäcke aus, nahm einen Postsack, hüllte behutsam das geschockte Reh darin ein und hob es auf die Ladefläche. Mein Herz pochte heftig gegen die Brust. Schweiß und ein paar leichte Tränen vermischten sich auf meinem Gesicht.

Auf jede Erschütterung achtend, fuhr ich zuerst nach Hause. Es war kurz nach sieben, ich machte im Haus meine Frau und die Schwiegereltern wach. Sie sollten mir helfen. Als ich, immer noch arg benommen, sagte: „Mensch, mir ist was Schlimmes passiert. Ich habe ein Reh angefahren", da waren alle sofort putzmunter und liefen gleich im Schlafzeug zum Reh hinaus. Schwiegervater meinte: „Gegenüber wohnt ja eine Bäuerin, eine Polin, die holen wir. Die kennt sich gut aus mit Tieren." Sie kam im Morgenmantel, beguckte sich das Reh und sagte: „Reh kaputt. Hinterteil angefahren. Tierarzt nix mehr, kann nix machen. Tier haben Schmerzen, viele Schmerzen. Alles kaputt." Sie betastete sämtliche Körperteile des Rehs. Dann sagte sie: „Ich machen feinen Festtagsbraten für euch." Ich protestierte aufs Energischste: „Das kommt nicht infrage! Ich bringe das arme Tier zum Tierarzt! Das Reh wird kein Festtagsbraten! Klar?" Die Bäuerin meinte: „Du machen Fehler. Bekommen viel Ärger. Tier nicht mitnehmen dürfen, wenn Reh angefahren und kaputt sein. Förster müssen du melden Karambolage!" Daran hatte ich bei meiner inneren Verfassung überhaupt nicht gedacht. Schwiegervater, Schwiegermutter und meine Frau redeten auf mich ein und bestätigten die Worte der Bäuerin. Aus Furcht vor einer Strafe gab ich nach, drehte mich um und ging. Das Reh wurde zur Nachbarin geschafft. Ich drehte mich noch einmal um und rief: „Ich esse keinen Bissen vom armen Reh!" Ich hörte nur noch: „Nun, egal. Du nicht essen. Du Dummkopf! Aber wir. Vorzüglicher Braten." Sie schnalzte mit der Zunge. Meine Frau kam hinter mir und sagte: „Na, ich esse davon auch nichts. Diese hübschen Rehaugen." Sie hakte sich bei mir ein, drückte mich fest an sich. Und ich war ihr für diesen Trost dankbar. Sie deckte schnell den Frühstückstisch. Vor dem Frühstück holten wir die Bescherung nach. Friede war wieder eingezogen. Am Tisch berichtete ich ausführlich über diese verhängnisvolle Fahrt.

Nach dem Frühstück fuhr ich zum Posthof zurück. Es ging auf die letzte Tour am Weihnachtstag. Um diese Tour riss sich jeder Fahrer. Sämtliche Eilsendungen mussten in der ganzen Stadt ausgeliefert werden. Das bedeutete Trinkgeld. Und auf ein paar zusätzliche Mark war jeder scharf. Insgesamt zweiundvierzig Päckchen, Pakete und Briefe hatte ich auszufahren. Für Pakete hatte jeder Empfänger dreißig Pfennig Gebühren zu zahlen. Die meisten gaben einen Fünfziger und sagten freundlich: „Stimmt so!" Eine ältere Frau legte mir lächelnd ein Fünfzigpfennigstück in die Hand und sagte: „Geben sie mir einen Groschen wieder!" Ich konnte mir ein Schmunzeln nicht verkneifen, bedankte mich höflich und wünschte ein frohes Fest.

Kurz bevor alle Sendungen ausgeliefert waren, hielt ich bei einer Fleischerei und klingelte. Eine Frau Mitte fünfzig öffnete, steckte unentschlossen ihren Kopf durch den Türspalt. Ich wunderte mich, warum sich die Frau ein Taschentuch vor den Mund hielt und unverständlich nuschelte: „Was wollen sie, junger Mann?" Vielleicht ist sie stark erkältet, dachte ich bei mir, hielt Abstand und sagte: „Ich bringe ihnen ein Eilpäckchen." Und ich hielt ihr ein kleines, unscheinbares Päckchen hin. Als sie es in der Hand hielt, glänzten ihre Augen. Ich betonte: „Päckchen sind kostenlos. Frohe Weihnachten!" Schon drehte ich mich zum Gehen um, da sagte sie übertrieben heiter: „Warten sie trotzdem einen Moment!" Sie eilte ins Haus. Es dauerte nicht sehr lange, dann kam sie mit noch frohgestimmterer Miene zurück, diesmal ohne den besagten Mundschutz, hielt mir einen Fünfmarkschein hin und sagte: „Hier, nehmen sie! Alles für sie!" Ich muss sie wohl so verblüfft angeschaut haben, jedenfalls fügte sie hinzu: „Ich bin so glücklich, dass ich noch zu Weihnachten mein Gebiss wiederbekommen habe. Es war zur Reparatur. Sie können sich nicht vorstellen, wie ich mich freue." Natürlich bedankte ich mich mit gekonntem Kratzfuß, Diener und am liebsten noch mit Handkuss. Denn das war ein schönes Geschenk, beiderseits, meine ich.

Ziemlich erschöpft kam ich an diesem ersten Weihnachtsfeiertag nach Hause. Aber so viel Kraft hatte ich noch, freudig die Geldtasche mit dem Trinkgeld auf dem Küchentisch auszuschütten und stolz meiner Frau den sauer verdienten Reichtum vorzuzählen. Wir freuten uns über achtunddreißig Mark zehn. Glücklich und versöhnlich wünschten wir uns: „Fröhliche Weihnachten, mein lieber Mann!" „Fröhliche Weihnachten, meine liebe Frau, Fröhliche Weihnachten, mein kleines Baby im Bauch!"

Karla Haertel

## *Der außergewöhnliche Gottesdienst*

In der Superintendentur war wieder Not am Mann. Der Superintendent schaute aus seinem Bürofenster auf die weihnachtlich geschmückte Straße. Er hatte tiefe Sorgenfalten im Gesicht. Wie sollte er zu den Gottesdiensten am Heiligabend die Orgeln in den kleinen Dorfkirchen besetzen? Nur noch wenige „alte Hasen" gab es, die mit den überbeanspruchten, uralten Instrumenten umgehen und ihnen noch ein paar harmonische Töne entlocken konnten.

Noch einmal ging er die Einsatzliste des vorigen Jahres durch. Danach durchblätterte er die aktuelle, die nach gekonntem Management noch immer eine Lücke aufwies. Er griff zum Telefonhörer. Es gab da eine Frau, die schon seit Jahrzehnten in verschiedenen Kirchen zuverlässig die Orgeln spielte und auch in Notsituationen ihr Möglichstes tat. Er hatte sie schon im Sommer für Weihnachten werben wollen, aber sie musste ihre eigene, die katholische Kirche, an die erste Stelle setzen und lehnte vorerst freundlich ab. Der Pfarrer legte all seinen Charme und Kummer in seine angenehme, weiche Stimme. Aber seine Hoffnung erstarb sogleich, die Frau war total ausgebucht, drei Gottesdienste an diesem einen Nachmittag. Einige Sekunden des Schweigens vergingen. Dann fügte die Organistin hinzu: „Ich kenne in der Nachbarschaft eine Musiklehrerin. Sie ist zwar nicht gläubig und spielt Keyboard statt Orgel. Aber ich könnte sie ja mal fragen, ob sie Weihnachtslieder spielen würde." „Ob Lieder mit oder ohne Glauben gespielt, auf Keyboard oder Waschbrett, das ist doch in meiner Notlage egal", meinte er hoffnungsfroh, „bitte besorgen sie mir diese Lehrerin!"

Frau Karola Hasemann sah ihrem Mann unentschlossen ins Gesicht. „Was wollen wir nun machen? Wenn ich in Kleinkleckersdorf Heiligabend zur Christvesper spielen würde, müsste ich nachmittags mit dem Auto hier los, fünfundzwanzig Kilometer weit fahren. Wer weiß, bei welchem Wetter? Die häusliche, weihnachtliche Gemütlichkeit wäre dahin." Etwas traurig fügte sie hinzu: „Vor der Bescherung ist meist noch so schönes Programm im Fernsehen, und ich hab doch immer noch so viel vorzubereiten." Beide wussten, dass es die erste Bescherung ohne eines ihrer Kinder sein würde. Auch das Jüngste war nun erwachsen geworden. Wie das Gespräch ausgehen sollte, ahnte Karola eigentlich schon. Günter liebte es, wenn sie ihm in der Adventszeit Weihnachtslieder auf dem Klavier oder Keyboard vorspielte. Und in der Kirche wäre er besonders stolz auf sie. Außerdem gehört für ihn der Gottesdienstbesuch zum Heiligabend wie die Bescherung. Da sie in ihrer Entscheidung noch immer wankelmütig war, redete er begeistert auf sie ein: „Du kannst doch gut spielen! Und in der Kirche hört sich das bestimmt noch schöner an." Sein Verzücken untermauerte er noch mit dem Versprechen: „Ich komme natürlich mit! Ich bin dann dein Manager. Sieh mal, familiäre Verpflichtungen haben wir ja nicht. Da haben wir doch mal Zeit für so etwas!"

Was mitgenommen werden musste, hatte Günter vorsorglich in den Flur gestellt. Nun lud er ins Auto: Das Keyboard, den Ständer dazu, eine Stehlampe, eine Kabeltrommel, eine kleine Stehleiter, einen Werkzeugkasten ... „He! Du bist ja wohl verrückt!" rief seine Frau Karola entsetzt, als sie die Fuhre sah. „Wir wollen doch nicht die Kirche renovieren!" „Lass mich mal machen", beschwichtigte Günter sie. Einige Jahre hatte er schließlich als Hausmeister in einer Schule gejobbt. Seine handwerklichen Interessen und Fähigkeiten kamen ihm stets zugute und wurden von vielen gewürdigt.

Um alles in Ruhe vorbereiten zu können, kamen sie schon eine Stunde vor Beginn des Gottesdienstes vor der kleinen Dorfkirche in Kleinkleckersdorf an. Es war frostig kalt, und so blieben beide noch im warmen Auto sitzen. Sie hatten sich verabredet, dass Pfarrer Musel den Schlüssel vorbeibringt, wenn er hier vorbeifährt nach Dödeldorf, um dort im Altersheim einen Gottesdienst abzuhalten. Die Zeit verstrich. Günter Hasemann wurde immer unruhiger. Sie vertrieben sich die Zeit und hörten Weihnachtslieder. Dabei war ihr Blick unentwegt auf die Straße gerichtet, wo sie den weißen VW des Pfarrers zu erspähen hofften.

61

„Guck mal, der da könnte es gewesen sein!" ereiferte sich Günter und zeigte mit dem Finger auf ein blitzschnell vorbeisausendes Autos. „Ja, aber es hielt ja nicht an. Es gibt doch mehrere solcher Autos", gab Karola zu bedenken. „Ich guck mich schon mal um", meinte Günter, sprang hektisch aus dem Auto und lief einige Male um die Kirche herum. Dann schlug er sich in die Sträucher des Friedhofs. Aha, sagte sich Karola, seine Blutdrucktabletten zeigen wieder ihre unangenehme Nebenwirkung. Er musste ja auch gleich zwei schlucken, wegen seines großen Auftritts. Er öffnete den Kofferraum und zerrte die Leiter heraus. „Was machst du denn nun? Willst du etwa einbrechen?" fragte Karola genervt und bemerkte: „Die Kälte kriecht mich inzwischen an." Günter antwortete ihr nicht. Emsig stellte er die Leiter gegen die Wand unter dem Spitzbogenfenster und kletterte hinauf, um in die Kirche hineinzuschauen. Drinnen war es noch dunkler, so dass er eigentlich nur sein Spiegelbild vor sich hatte. „Kein Reinkommen!" rief er ihr fachmännisch zu. Unaufhaltsam zog die Dunkelheit herauf. Aus Verzweiflung fassten sie den Entschluss, Herrn Musel im Altersheim aufzusuchen. Die Zeit wurde knapp.

Da stand Pfarrer Musel im langen, schwarzen Talar auf einer Kanzel, während ein Gospelchor sang. Fragend schaute er die Hasemanns an, bis bei ihm der Groschen fiel. Schnell händigte ihnen der gestresste Mann den Schlüssel aus und entschuldigte sich mehrmals. Sobald das hier vorbei wäre, würde er pünktlich in der Kirche sein, versprach er.

Nervös stocherte Günter Hasemann im Dunkeln mit einigen Schlüsseln zittrig im Schloss der Kirchentür herum, bis sie endlich aufsprang. Jetzt war seine Zeit kommen. Dunkelheit und muffiger Kirchengeruch empfingen sie. Günter suchte den Lichtschalter. Das Licht ging nicht an. „Verdammt, wir müssen die Sicherungen finden!" rief er, als er zum Auto eilte, um die Taschenlampe zu holen. Gespenstisch funzelte er an den Kirchenwänden entlang. Dann suchte er im Flur. Knarrend öffnete er eine Holztür. „Ich habe sie", stöhnte er erleichtert. Knips! Und schon erleuchtete die Kirche in einem Dämmerlicht. Karola bemerkte sogar, dass Günter plötzlich in seinem Hausmeisterkittel neben ihr stand. Er wird doch noch einen ordentlichen Pullover mitgenommen haben, dachte sie. Erst einmal suchten beide nach einer Steckdose. Da war sie! Im angrenzenden Gemeinderaum. Günter rollte das Kabel aus, Karola stellte das Keyboard auf und schloss es an. Warme, volle Klänge erfüllten das Kirchenschiff. Beide strahlten sich glücklich an. Nun konnte mit der Musik nicht mehr viel schief gehen.

Ein Blick zur Uhr. Sechzehn Uhr dreißig. Bald würden die ersten Besucher eintreffen. Schnell die Stehlampe ans Keyboard gestellt. Feuchte Kälte machte ihren Atem sichtbar, obwohl ein paar Bahnheizkörper vorsorglich angeheizt waren. Karola schob sich einen unter ihren Sitzplatz. Günter beäugte den aufgestellten Weihnachtsbaum. Er war mit weißen Kerzen versehen, die angezündet werden mussten. „Ob der Pfarrer das macht?" fragte Günter mit nach oben gerichtetem Blick. „Na, vorausgesetzt er ist pünktlich hier und kommt dann auch an die Kerzen heran", überlegte Karola laut. Flugs schleppte ihr Hausmeister seine Leiter herbei. „Hab ich doch gewusst, dass wir die brauchen werden", frohlockte er. Karola staunte dann doch, als er auch noch die Streichhölzer aus der Tasche zog. „Sag mal, hast du auch noch die Predigt dabei, falls Pfarrer Musel doch nicht pünktlich hier ist?" scherzte sie. „Nein", sagte er lachend, „na, das wird doch hoffentlich nicht auch passieren!" Auf jedem Fenstersims der hohen gotischen Fenster standen Kerzenbögen mit weißen Tafelkerzen. „Das würde schön aussehen, wenn die auch noch alle leuchten würden", sinnierte Günter träumerisch, um sich sofort an die Arbeit zu machen, alle Kerzen anzuzünden. Karola spielte „Oh du fröhliche" und sah danach mit Schrecken auf sein Vorhaben. Ihr kleiner Hasemann stand auf Zehenspitzen auf der höchsten Stufe der wackelnden Leiter und reckte sich nach den Kerzen.

Inzwischen betraten die ersten Leute feierlich die Kirche, grüßten freundlich und setzten sich schweigend in die Bankreihen. Bestimmt gefiel ihnen das viele Kerzenlicht. Sie beobachteten Günter in seinem Hausmeisterkittel. Er leistete ganze Arbeit. Hoffentlich fällt er nicht von der Leiter! Karola bangte um ihn und die festliche Stimmung. Als immer mehr Leute die Bankreihen besetzten, beendete Günter abrupt seine Tätigkeit, schleppte die Leiter heraus, griff den Packen Programmhefte und eilte mit diesem den eintretenden Leuten entgegen. Jedem drückte er ein

Heftchen in die Hand und sparte auch mit freundlichen Worten nicht. „Nehmen sie! Da sind die Liedtexte drin, damit Sie schön mitsingen können!" Nun reichte er jedem der Leute auch noch die Hand. Mit einem jungenhaften Diener wünschte er: „Fröhliche Weihnachten! Frohe Weihnacht! Schönen Abend heute Abend!" Die Leute nahmen seine Wünsche dankbar an und guckten dabei etwas verdutzt auf seinen Kittel. Immer mehr füllten sich die Sitzreihen. Ein Kind plapperte laut. Günter fragte sich: Würden die Plätze auch reichen? Ohne lange zu überlegen, trug er eilig noch einen Stapel Stühle aus dem Gemeinderaum herein. Karola stellte indessen startbereit ihre Noten in den Notenständer.

Fünf vor fünf. Günter stand unruhig vor der Kirche und sah auf die Straße. Aufgeregt ging er wieder rein zu seiner Frau. Sie tuschelte ihm zu: „Sag mal, musst du im Kittel hier rumstehen? Und dein Gesicht ist ganz schwarz!" „Das ist doch jetzt unwichtig", knurrte er zurück und wischte mit dem Ärmel darüber, „ist von den staubigen Fensterbrettern. Hier gibt's kein Wasser. Aber sag´ mir mal lieber, wo jetzt der Pfarrer bleibt!"

Fünf nach fünf. Das Kind wurde quengelig. Die Erwachsenen verharrten geduldig.

Zehn nach fünf. Karola hatte einen Entschluss gefasst. „Ich werde jetzt ein paar Weihnachtslieder spielen", sagte sie zu ihrem Mann und begann. Die Leute setzten mit ihrem Gesang sofort ein. Nach dem vierten Lied flüsterte sie Günter ins Ohr: „Ich muss damit aufhören! Ich habe nur fünf Lieder vorbereitet. Eins muss ich mir noch für den Schluss aufheben. Aber für welchen Schluss eigentlich? Günter, wir müssen die Leute nach Hause schicken!" Aber ihr Günter protestierte. Erregt, mit hochrotem Gesicht prustete er ihr ins Ohr: „Wir können doch jetzt nicht alles abbrechen! Wir würden ihnen doch das Fest verderben! Die ganze Feierlichkeit wäre dahin!" Schnell lief er los, aber nicht nach vorn zum Altar, wie Karola vermuten könnte, sondern in den Gemeinderaum. Karola ärgerte sich: Erst spuckt er große Töne und nun kneift er. Läuft einfach weg. Schnell bereitete sie das Keyboard auf das fünfte Weihnachtslied vor. Als sie ihren Blick kurz nach vorn richtete, glaubte sie ihren Augen nicht zu trauen. Günter war gerade dabei, feierlich in einem langen, schwarzen Talar die Kanzel zu besteigen. Er musste den Talar an den Seiten ein wenig hochheben, um nicht darauf zu treten und womöglich noch zu stolpern. Der kleine Günter Hasemann auf der Kanzel! Karola war wie versteinert. Amtsanmaßung! Günter hob die Arme, bewegte sie ausgestreckt nach allen Seiten, so dass die weiten Ärmel hin und her schwangen. Dann begann er salbungsvoll: „Meine lieben Kirchenfreunde, eigentlich steht mir dieses Kostüm ja nicht zu", sein ernst feierliches Gesicht verzog sich zu einem entschuldigendem Lächeln, „aber ich kann doch nicht als Hausmeister hier vorne stehen und mit ihnen beten. Das wäre dem heutigen, hoch heiligen Tag nicht angemessen." Er faltete besinnlich die Hände und betete: „Vater unser, der du bist im Himmel ... " Ob er das ganze Gebet zusammenbekam, war unwichtig. Die meisten Kirchenbesucher kannten es und sprachen andächtig im Chor. Seine Entschuldigung, dass er nicht in das schwarze Kleid gehöre, hatten sie gelassen hingenommen. Als sich das Gebet dem Ende näherte, sah Günter seine Frau hilfesuchend an. Sein Blick hing auch an der Kirchentür. Karola konnte ihm nicht helfen. Diesmal nicht!

Günter sprach mit ausgetrocknetem Mund: „Es begab sich zu der Zeit, dass ein Gebot von Kaiser ... äh ... äh ... Kaiser ... äh ... ausging ... äh, dass alle Welt geschätzt werden sollte." Der erste Satz war heraus, und er war zufrieden, wenn ihm auch nicht der passende Name des Kaisers einfallen wollte, „... und Maria und Josef sind auch losgegangen zu der Stadt, die da heißt Bethlehem." Wie weiter? Günter kratzt verlegen sich am Hinterkopf. „Naja ... die war schwanger, die Maria. Von ihm war sie schwanger. Nee, ach Quatsch, nicht ganz, sie war ja auch von Gott schwanger. Schwanger war er von seinem vertrauten Weibe, womit er sich schätzen ließe. Und dann kam die Zeit, dass sie gebären sollten." Ein freundliches, belustigtes Raunen ging durch die Bankreihen. Das Kind plapperte laut dazwischen: „Mama, Mama, Lametta, La- met...ta." „Still!" schimpfte eine Stimme. Ungestört fuhr Günter fort: „Und sie gebar ihren ersten Sohn und wickelte ihn in Pampers und legte ihn in eine Krippe mit Stroh, denn sie hatten keine warme Stube und keine Betten. Wie solche, die auf Hartz IV angewiesen sind." Den letzten Satz fügte Günter mit nachdrücklichem Kopfnicken hinzu. Kurz sah er in die Gesichter seiner Zuhörer. Im Schummerlicht konnte er nicht viel erkennen. Aber scheinbar hörte man ihm aufmerksam zu. Es herrschte stille Aufmerksamkeit. Er musste unbedingt weiterreden. „Ach, und ... äh ... dann waren auf dem Felde auch noch die Hirten, die Hirten, und die hüteten ihre Schafe ... weiße Schafe, wollige Schafe, blöde Schafe und ... schwarze Schafe ... " Bei diesen Worten guckte er nach unten in die andächtig zuhörende Gemeinde. Mit matter Stimme fuhr er in der Weihnachtsgeschichte fort: „Und ein Engel des Herrn leuchtete. Da fürchteten sie sich. Sie fürch - te - ten sich sehr." Plötzlich hatte Günter auf der Stirn Schweißperlen. Seine anfangs rote Gesichtsfarbe war einem kalkigen Weiß gewichen. Das Sprechen fiel ihm immer schwerer. Karola sah mit Bangen zu ihm hinauf. Ach ja, er leidet ja unter Höhenangst! Auf der Leiter stand er nur kurze Augenblicke. Aber jetzt auf der Kanzel! Und bei dem Stress! Aber ihr Günter quälte sich weiterhin wacker durch die alte Weihnachtsgeschichte: „Und der Engel sprach zu ihnen: Fürchtet euch nicht! Ich verkündige euch eine große Freude." Mit beiden Händen umklammerte er den Rand der Kanzel, aus Angst er könne in die Tiefe stürzen. Karola schaute verzweifelt und verärgert zur Tür. Plötzlich, sie glaubte einen Geist zu sehen! Oh, welch ein Glück! Da stand er nun wirklich, dieser Pfarrer Musel und starrte entsetzt auf Günter, der gehüllt war in seinem Talar. Unbeirrt seiner nahenden Ohnmacht sprach Günter weiter: „Ich verkündige euch große Freude, wenn ihr nachher die Geschenke auspackt. Seid lieb zueinander und mehret euch!" Während er bereits die Augen verdrehte, hauchte er nur noch: „Ich liebe meine Karola auch. Wir sind heute Abend beide allein...gaanz aa...l...lein." Dann geriet Günter ins Schwanken. Ein Aufschrei der Frauen. Pfarrer Musel, Karola und ein paar Männer der Gemeinde eilten zu Günter. Einige griffen ihm sofort unter die Arme und befreiten ihn aus seiner schwindeligen Höhe und aus seiner anstrengenden Pfarrerrolle, die er so tapfer gespielt hatte. Das empfanden auch die Besucher und spendeten ihm – entgegen aller traditionellen Etiketten – einen anerkennenden Beifall.

Karola spielte zum Schluss ihr fünftes Weihnachtslied. Neben ihr auf einem Stuhl saß noch etwas erschöpft Günter. Alte und junge Leute schüttelten ihm vor dem Verlassen der Kirche die Hand und wünschten ein schönes Weihnachtsfest. Günter war der Star des Abends und fühlte sich überglücklich. Fast wäre er aufgesprungen, um am Ausgang die Kollekte einzusammeln. Pfarrer Musel übernahm das aber selbst. Dann zog er einen Stuhl heran und setzte sich zu Günter und Karola. Die Glocken vom alten Kirchturm läuteten. Der Pfarrer entschuldigte sich, erklärte dann, dass ihm ein Wildschwein ins Auto gelaufen war. Seinem Gesicht war anzumerken, dass er sich über den besonderen Gottesdienst zum Heiligabend amüsierte. Und er bedankte sich herzlich für die Rettung seiner Christvesper.

Manfred Haertel

## *Weihnachtsträume*

Weihnachten 1944. Bittere Kälte. Kanonendonner in der Ferne. Fliegeralarm am Tage. Fliegeralarm in der Nacht. Todbringende Last. Die Entscheidungsschlacht. Neben der blutigen, verheerenden Kriegsschlacht hatte jeder seine eigene Schlacht zu schlagen: Gegen Erfrieren, gegen Hunger, gegen Typhus. Dazu das Aufbäumen gegen die unerträgliche Einsamkeit. Liesbeth war nicht einsam und war doch wieder einsam. Sie hatte schon Anfang des Krieges ihren Mann verloren, hungerte sich mit ihren drei Kindern durch die Kriegsjahre. Die Almosen des Führers konnten weder die hungrigen Mäuler der Kinder stopfen, noch ihre Sehnsüchte und Wünsche stillen. Und so ging sie mit hoffnungslosen, geschundenen Frauen aus der Nachbarschaft am ersten Weihnachtsfeiertag abends in eine Eckkneipe, wo sie mit Zigaretten ihren Hunger stillte und bei süßem Likör ihren Kummer vergaß. Liesbeth war zwar ausgemergelt und verhärmt, aber noch begehrlich genug. Jedenfalls zwinkerte ihr einer der wenigen Männer, die noch nicht an der Front waren, vielsagend zu. Er spendierte ihr einen Likör, prostete ihr zu und rutschte bald dichter an sie heran. Liesbeth genoss es, seit Jahren von einem Mann umschwärmt zu werden. Der Flirt machte ihr Gesicht um viele Jahre jünger. Sie warf ihr braunes und welliges Haar nach hinten. Ihr herzhaftes Lachen hatte etwas Anziehendes, so dass der Mann, der sich als Franz vorgestellt hatte, sofort noch mehr Feuer fing. So, als müsse auch er in der Liebe viel nachholen, legte er seinen rechten Arm um Liesbeth und hauchte ihr die wunderschönen Worte ins Ohr: „Sie sind ein Juwel von Frau. Ihr Lachen bringt alle Männer um den Verstand. Wollen wir nicht Brüderschaft trinken?" Liesbeth war schon so sehr angeheitert, dass sie sich diesen Spaß nicht entgehen lassen wollte, wenigstens mal wieder einen Lippenkuss zu bekommen. Sie willigte ein, hakte ihren rechten Arm in den seinen, nahm einen Schluck vom süßen Kirschlikör und hielt ihm bereitwillig ihre Lippen zum Brüderschaftskuss hin. Dabei schloss sie ihre Augen, als erwarte sie ein Geschenk. Dann fühlte sie seine Lippen und seine aktive Zunge. Dabei hielt er sie fest umschlungen. Zuerst sträubte sie sich ein wenig gegen diese plumpe Überrumpelung. Doch dann gab sie nach, öffnete ihre Lippen und entschwebte sogleich in den siebenten Himmel. In diesen paar Sekunden schien sie durch ihre Erinnerungen und durch eine wunderbare Traumwelt zu schweben. Ihr Herz wurde so weit. Ein über lange Zeit ausgebliebenes Kribbeln ging durch ihren Körper. Sie spürte auf einmal wieder das längst tot geglaubte Gefühl der Liebe. Und mit der Liebe keimte eine neue Hoffnung auf, Hoffnung auf ein kleines Familienglück nach Jahren der Entbehrungen. Ein Vater für die Kinder! Eine Liebe für ihr Herz! Sollten sich doch noch ihre Träume erfüllen? Liesbeth glaubte nach diesem Kuss fest daran. So innig kann nur einer küssen, der es ernst mit der Liebe meint, war sie sich ganz sicher. Und Franz schaute ihr verliebt in die braunen Augen. Na ja, dachte Liesbeth, sein zerknittertes Gesicht deutet darauf hin, dass er wenigstens zehn Jahre älter sein wird als ich. Aber was machte der Altersunterschied schon. In Kriegszeiten, wo so viele Männer von der Front nicht mehr heimkehrten, kann man nicht so wählerisch sein. Und der wird froh sein, einen warmen Herd gefunden zu haben. So stand für Liesbeth fest, den Franz lässt du so schnell nicht wieder losziehen!

Der gemütliche Abend endete wie erwartet im Bett. Und wie ein Weihnachtsengel, der vom Himmel geschickt worden war, verschönerte Franz ihr Weihnachtsfest und nistete sich sofort bei der Familie in dem kleinen Häuschen mit Garten ein. Er hatte zwar keine Arbeit, aber er machte sich auch so nützlich. Mit einem Handwagen zog er in den Wald und besorgte Holz zum Heizen und zum Kochen. Mit den drei Kindern alberte, tobte und spielte er. Bei einer zünftigen Schneeballschlacht oder beim Schneemannbauen schlossen die Kinder ihn mehr und mehr ins Herz. Karin und Klaus sagten bald Papa zu ihm. Er schien der geborene Vatertyp zu sein. Und Liesbeth erlebte eine ihrer glücklichsten Zeiten während des Krieges. Ihre Muttergefühle lebten auf, wenn sie diesen Weihnachtsengel mit ihren Kindern beim ausgelassenen Spiel beobachtete. Als Dank strickte sie für Franz Handschuhe, Socken und einen hübschen braunen Schal mit roten Streifen. Das Familienglück schien jedenfalls perfekt. Auf dem Schwarzmarkt schacherte Franz fast schon profimäßig. Abends kam er mit Lebensmitteln heim, die er gegen geriebene Tabakblätter oder billige Gegenstände getauscht hatte. So konnte man gemeinsam den furchtbaren Krieg überstehen.

Eines Abends, es war Ende Februar, die Kinder schliefen schon fest, da drückste Liesbeth so rum, dass Franz stutzig wurde. Er fragte: „Was ist mit dir heute los? Geht es dir nicht gut? Hast du dich über etwas geärgert? Bin ich der Grund?" Diese Fragen prasselten auf Liesbeth ein und machten sie noch ratloser und noch schweigsamer. Franz bohrte weiter: „Dich bedrückt doch etwas? Sag schon!" Liesbeth spürte, dass er böse wurde über ihr Schweigen. Sie umhäkelte gerade ein schönes, weißes Taschentuch. Plötzlich rannen ihr die Tränen übers Gesicht und sie schnäuzte in das neue, unfertige Taschentuch. Mit traurig-vorwurfsvollem Ton sagte sie: „Ich bekomme ein Kind! Von dir!" Endlich war es raus. Und sie konnte ihren Gefühlen freien Lauf lassen und ihren Sorgen auch: „Was soll ich mit vier Kindern?" Franz fuhr sich mit der Hand über sein schütteres Haar. Sein einziger Kommentar: „Wie konnte das passieren? Hast du nicht die Tage gezählt?" „Ach", gab Liesbeth zur Antwort, „wer rechnet schon, wenn er mal glücklich ist und auf solche glücklichen Stunden zu lange verzichten musste?" Franz entgegnete etwas streng: „Von dir ist es trotzdem unverantwortlich!" Doch dann sagte er im milden Tonfall: „Passiert ist passiert! Komm, lass uns von einer schönen Zukunft träumen!" Seine Worte taten ihr gut. Willig folgte sie Franz ins Bett. Nach ihrem Beischlaf lag Liesbeth mit ihrem Kopf auf seiner Brust. Sie atmete tief im Schlaf und träumte von einer Zukunft im Frieden und im familiären Glück.

Am anderen Morgen wurde beim Frühstück nicht viel gesprochen. Der starke Ostwind mit dem Februarfrost fegte die Wärme durch die Ritzen der Türen und Fenster aus der Wohnung. Brennmaterial wurde immer knapper. Franz wollte wieder Holz ranschaffen. „Mach mir mal heute ein doppeltes Stullenpaket!" rief er aus dem Flur zu Liesbeth in die Küche. Zwar wunderte sich Liesbeth, aber sie schob es der klirrenden Kälte zu, die hungriger machte. Franz steckte seinen Proviant in den Rucksack, verabschiedete sich wie immer und zog mit dem Handwagen, wie er vorgab, in den nächstgelegenen Wald. Aber von dort kehrte er nicht wieder zurück.

Inzwischen war Liesbeths Jüngster, der Jürgen, sechs Jahre alt geworden. Die bohrenden Fragen ihrer Kinder, wo Onkel Franz geblieben sei und wann er wiederkäme, brachten sie mitunter fast um den Verstand und trieben sie zur Lüge. Sie hatte ihren Kindern erzählt, Onkel Franz oder auch Papa Franz, wurde noch als Soldat an die Front geschickt und sei dort gefallen. Er hatte sie aber sitzen lassen. Das wusste sie und wollte die Schande vor ihren Kindern und den neugierigen Nachbarinnen verheimlichen, was ihr auch glückte, trotz der Wut auf diesen Franz.

Wie zu damaligen Zeiten üblich, bekamen unehelich geborene, vaterlose Kinder einen Vormund zugeteilt. Dieser vom Staat bestellte Vormund hatte darüber zu wachen, dass das Kind fürsorglich aufwächst. Die Betreuung sah auch vor, den Vater zu ersetzen, wenn es nötig war. Und Weihnachten war stets ein solcher Notfall. An diesem Heiligabend kam Herr Klinke, Jürgens Vormund, mit einem Riesenpaket zu ihm. Auch für jedes der anderen Geschwister hatte er ein kleines Päckchen dabei. Aber für Jürgen war das größte bestimmt. Er konnte es gar nicht abwarten, es auszupacken. Ruck zuck, ratsch, ratsch! war das Papier entfernt. Jürgen hob der Deckel vom großen Karton vorsichtig an und lugte gespannt hinein. Dann brach er in einen Jubelschrei aus, riss den Deckel herunter und warf ihn im hohen Bogen Richtung Weihnachtsbaum. Der Deckel segelte haargenau zwischen zwei Zweige, streifte eine Kerze, die sofort erlosch und sauste gegen eine rote Baumkugel, die mitgerissen wurde und gegen die Wand knallte, wo sie in tausend Stücke zerplatzte. Mutter gab ihm einen Katzenkopf und schimpfte verhalten. Herr Klinke beschwichtigte sie: „Seien sie nicht so streng! Ist doch nur Übermut wegen der Bescherung!" Währenddessen hatte Jürgen alle Mühe, sein Geschenk aus dem Karton zu langen. So schwer war der graue Krankenwagen aus Holz mit dem roten Kreuz an den Seiten und mit einem richtigen Steuerrad, womit man die Vorderräder bewegen konnte. „Habe ich selbst gebaut", sagte Herr Klinke stolz. Jürgen war überwältigt. Er schob das Auto in der Größe sechzig Zentimeter Länge mal dreißig Zentimeter Höhe hin und her. Alle

Türen ließen sich öffnen. Drinnen war eine richtige Trage, die man herausziehen konnte. Auf der Fahrerseite konnte man die Hand hineinstecken und das Auto lenken. Jürgen war begeistert, sprang auf und Herrn Klinke ungestüm um den Hals. „Danke! Danke! Das ist mein schönstes Geschenk!" Dann kniete er wieder auf dem Fußboden und machte: „Brumm! Brumm! Brumm!" Herr Klinke sagte: „Und ich habe für dich noch eine Überraschung." Jürgen fuhr hoch, spitzte seine Ohren und fragte neugierig: „Was denn noch für eine Überraschung?" „Am Tag nach Weihnachten darfst du mal wieder mit meinem SANKA mitfahren. Freust du dich?" „Ja klar! Mutti, ich kann wieder mit dem richtigen Krankenauto mitfahren!" rief er völlig aus dem Häuschen in die Küche, wo die Mutter dem Herrn Klinke einen Kaffee brühte. Auf seinen Vormund war Jürgen ganz besonders stolz. Er war Krankenwagenfahrer für ein großes Krankenhaus. Und schon mehrmals hatte Jürgen bei kurzem Tatütata neben Herrn Klinke sitzen dürfen. Und wenn ihn zufällig seine Kumpel im Auto gesehen hatten, dann war ihm die Brust geschwollen, und er hatte dann seinen Hals gereckt, damit ihn auch jeder gut sehen konnte.

Am Abend war er vertieft in seinem Spiel mit dem Krankenauto. Er hatte noch einige kaputte Spielzeugsoldaten, die auf der Trage im Auto abtransportiert werden mussten. Und plötzlich befand er sich in seiner Fantasie auf einem Schlachtfeld. Die Deutschen gegen die Russen. Sein Vater gegen die Feinde. Oft hatte er sich schon ausgemalt, wie mutig sein Vater mit dem Gewehr einen Schützengraben erstürmte, von Kugeln der Russen getroffen wurde und einsam verbluten musste. Diese Bilder hatten sich in seinem Gehirn eingeprägt – nur durch seine Vorstellungskraft. Die Mutter saß auf dem Sofa und verfolgte wehmütig, mit einem schmerzhaften Druck in ihrer Brust, sein kriegerisches Spiel und wie er seinen Vater als Helden verehrte. Natürlich ist der mit der Offiziersuniform, der Ranghöhere also, sein Vater, der Befehle erteilt. Sofakissen sind die Schützengräben. Der Offizier stürmt den anderen voran. Jürgen macht: „Tack! Tack! Tack! Tack!" Dann: "Bumm! Peng! Krach!" Eine Granate wird imitiert. Jürgen wirft den Offizier durch die Luft. Sofort ertönt aus seinem Mund eine heulende Sirene. Das Krankenauto rauscht heran. Sanitäter bringen die Trage, legen den verwundeten Offizier, seinen Papa, darauf und schieben ihn ins graue Krankenauto. Dann prescht das Auto mit Sirene zum Lazarett, das sich Jürgen aus Pappbetten gebaut hat. Ein gebasteltes Kreuz für den toten Vater beendet sein Spiel.

Jürgen war vollkommen aufgekratzt an diesem Heiligabend. Im Bett kam er auch nicht zur Ruhe. Unruhig wälzte er sich hin und her. Das Krankenauto, sein Vormund, Krieg und sein Vater gingen ihm nicht aus dem Kopf. Der weihnachtliche Duft von Fichtennadeln, vermischt mit dem weihnachtlichen Duft nach Bratäpfeln, Lebkuchen und allerlei Räucherkerzen, strömte ihm in die Nase und betäubte ihn fast. Er lag verzaubert da zwischen Traum und Wirklichkeit. Das Mondlicht warf gespenstische Schatten in sein Zimmer. Jürgen zog sich die Bettdecke über den Kopf. Er lugte darunter hervor, sah das fast volle Mondgesicht und begann mit offenen Augen zu träumen. Bilder vom Weihnachtsmarkt mit seinen bunten Buden und Karussells gingen ihm durch den Kopf. Er saß in einer Berg - und Talbahn. Links saß die Mutter und hielt seine Hand, rechts saß sein Vormund, der Herr Klinke und hielt seine Hand. Und er sagte zu ihm Papa. Wie oft hatte er sich heimlich gewünscht, Herr Klinke wäre sein Vater, auch wenn er ihm im Vergleich zur Mutter schon ziemlich alt vorkam. Aber das störte ihn nicht. Die Mitternachtsglocken läuteten. Er vernahm das Läuten ganz deutlich und fürchtete, es würde die Geisterstunde eingeläutet. Noch nie hatte er nachts das Glockengeläut gehört. Es war schauerlich. Die Müdigkeit besiegte sein überreiztes Gemüt, und er schlummerte hinüber in einen von wunderschönen Träumen erfüllten Schlaf.

Der andere Morgen begann mit hellem Sonnenschein. Jürgen sprang aus dem Bett und eilte zum Krankenwagen, der unweit von seinem Bett stand. Im Schlafanzug begann er zu spielen, alles um sich herum vergessend. Mutter hatte ihn länger schlafen lassen. Es war schon kurz nach zehn. Jemand klopfte an der Haustür und riss ihn aus seiner Fantasiewelt. Noch ehe ein anderer die Tür öffnete, rannte Jürgen los, um sie zu öffnen. Vor ihm stand ein unbekannter, alter Mann in einer dunkelblauen verschlissenen Joppe. Auf dem Kopf trug er eine graue, ausgefranste Schirmmütze. Seine fürchterlich bleichen und eingefallenen, mit Bartstoppeln übersäten Wangen, aus denen die Backenknochen hervorstießen, machten ihn zu einer gruseligen Gestalt. Die Augen mit dem erstorbenen Blick lagen auffallend tief in den dunklen Augenhöhlen und zeugten von großen Strapazen, die der Mann erlebt haben musste. Aber plötzlich flammten seine Augen auf, als er Jürgen vor sich sah. Zögerlich fragte er: „Ist deine Mama zu Hause?" Der alt und elendig aussehende Mann interessierte Jürgen nicht sonderlich, so drehte er sich um und rief: „Mama, hier ist ein fremder, alter Mann!" Schon rutschte er wieder auf Knien über den Fußboden und ließ den geliebten Krankenwagen brummen. Die Mutter kam aus der Küche und lief zur Korridortür. Neugierig kamen auch die Geschwister aus ihrem Zimmer. Klaus wollte wissen: „Wer ist denn da?" Die Mutter entgegnete mit fahriger Stimme: „Nichts! Ist nur ... " Da hörte Jürgen, wie der Mann zu ihr sprach: „Nun sag ihnen schon, wer da ist, wer ich bin! Die Großen erkennen mich bestimmt noch." Die sechzehnjährige Gerda horchte auf, glaubte, die Stimme zu erkennen und ging in den Korridor. Der Mann nahm die Mütze vom Kopf, entblößte seinen kahl geschorenen Kopf und fragte: „Du bist die Gerda, stimmt´s?" Gerdas Blicke gingen von der Mutter, die wie vom Donner gerührt dastand und hochrot im Gesicht geworden war, zu dem Mann und wieder zurück zur Mutter, die nervös ihrem Blick auszuweichen versuchte. Gerda sagte verschüchtert: „Onkel Franz! Ich denke du bist tot? Mutter sagte, du wärst an der Front gefallen. Das kapier´ ich nicht!" Der Mann, der noch in der offenen Tür stand, sagte: „Was hast du den Kindern erzählt? Ich sei tot? Warum? Und was macht mein Kind?" Er schob sich an der Mutter vorbei, ging schnurstracks ins Wohnzimmer und starrte Jürgen an. Und Jürgen starrte völlig verwirrt zurück. Im Gehirn des Jungen hämmerte es: „Das soll mein Vater sein? Für Augenblicke herrschten eine angespannte Atmosphäre und eine bedrückende Stille im Zimmer. Die Mutter weinte. Klaus und Karin musterten zunächst mit ablehnender Haltung Franz, den Vater ihres Bruders. Die Mutter begann sich wegen der Lüge zu verteidigen: „Was sollte ich den Kindern sagen? Dass du uns wie ein Schuft verlassen hast in unserem Schmerz und in unserem Elend, bei klirrendem Frost? Ich wollte, dass dich dein Sohn als Held in Erinnerung hat, wenn es auch eine Lüge war." Sie redete sich in Rage, konnte das Schluchzen nicht unterdrücken.

Bald hatte sie sich aber wieder gefasst. Und sie sagte mit harter Stimme: „Und jetzt tauchst du hier zu Weihnachten auf und willst wohl den Weihnachtsmann spielen?! Du reißt nur alte Wunden auf! Wir brauchen kein Holz mehr! Und wir brauchen dich nicht mehr!" Da stand Jürgen auf, umklammerte den Schoß seiner Mutter und betrachtete mit einem fast feindseligen Blick den Fremden, der sein Vater sein sollte, den er sich aber niemals als Vater wünschen würde, wenn er sich entscheiden könnte. Der war ihm zu alt, zu schrumplig, und dann noch fast mit einer Glatze. Den wollte er seinen Freunden auf gar keinen Fall präsentieren! Franz bekam einen Hustenanfall und setzte sich auf einen Stuhl. Während des Hustens sprach er: „Lieschen ... Lieschen ... ich habe euch nicht ... nicht ... im ... Stich ... ge ... las ... sen!" Er spuckte etwas Blut in einen grauweißen Lappen, der wohl ein Taschentuch sein sollte. Liesbeth holte ein frisches Taschentuch aus dem Schrank und hielt es ihm hin. Franz nahm es, hustete noch mehrmals kräftig ab und erklärte, als er sich erholt hatte: „Lieschen! Kinder! Ihr müsst es mir glauben! Ich bin nicht von euch abgehauen! Die hatten mich damals mit dem Handwagen erwischt und zum Volkssturm gesteckt. Den Handwagen mit dem Holz musste ich stehen lassen. Die Nazis verfrachteten mich sowie andere alte Männer und dreizehnjährige Jungen auf Lastwagen und fuhren uns als letztes Aufgebot gegen die Russen an die Ostfront. Wir wurden verheizt. Viele sind umgekommen. Ich kam in ein Kriegsgefangenenlager nach Sibirien. Glaubt mir das!" Und in seiner Verzweiflung zeigte er auf seine Lumpen, die er am Leibe trug, auf seine hohlen Wangen und die Zahnlücken. „Wegen Krankheit wurden einige Kriegsgefangenen entlassen. Aber tausende schmachten noch hinterm Stacheldraht in Sibirien. Und ich bin frei, bin hier bei euch und will mit euch ein neues Leben anfangen! Lieschen", er zog sie sanft auf seine knochigen Knien, „du musst mir glauben! Der schreckliche Krieg war schuld an allem! Ich habe euch doch alle ins Herz geschlossen. Und du, wie heißt du denn, mein Junge?" fragte er Jürgen, der sich an Mutter schmiegte. Etwas schüchtern antwortete er: „Jürgen. Aber eigentlich heiße ich Jürgen Franz Rost." Franz hatte inzwischen seine Joppe aufgeknüpft. Sein brauner Schal mit den roten Streifen hing um seinen Hals. Liesbeth erkannte ihren selbst gestrickten

Schal wieder. Er sah zwar ausgefranst und speckig vor Dreck aus, aber sie erkannte ihren Schal wieder und freute sich darüber so sehr, dass sie sagte: „Und meinen Schal trägst du immer noch?" Franz lächelte bitter: „Das war mein einziges Andenken an dich, an euch. Den habe ich nicht vom Hals gelassen, sonst wäre er mir geklaut worden im Lager." Nun wurden alle reihum von dem Heimkehrer innig gedrückt. Dann öffnete er seinen Rucksack, den er neben sich auf den Boden hatte fallen lassen, als ihn der Husten quälte. Freudig sagte er: „Ich habe auch ein paar Geschenke dabei." Liesbeth unterbrach sein Tun: „Du gehst erst mal schön in die Küche und seifst dich ab! Dann machen wir dich weihnachtschic! Danach erst gibt es Bescherung und ein kräftiges Frühstück!"

Die Kinder waren baff, wie schnell und geschickt ihre Mutter aus diesem spindeldürren, verlotterten, vorher unansehnlichen Mann einen netten, ansprechenden Vater machen konnte. Sie hatte sich über die Jahre von seinen wenigen eingemotteten Kleidungsstücken noch nicht trennen können. Zwar steckte der dürre Hals in einem viel zu großen Kragen, musste er die Hosen mit einer Strippe über der Hüfte festbinden – vom Bauch war keine Spur mehr – aber er sah nun recht manierlich aus. Abstoßend wirkte nur noch das Draculagebiss, wenn er den Mund zu einem breiten Lachen öffnete. Jürgen rückte seinen Stuhl näher an den Vater heran und roch sein Rasierwasser, das die Mutter auch noch im Schrank stehen hatte. „Erzähl doch was vom Krieg!" bat Jürgen seinen Vater. Der winkte ab und stopfte sich einen Bissen Wurststulle in den Mund. „Lass deinen Vater erst mal essen! Er ist ja völlig ausgehungert!" sagte die besorgte Mutter. Als der Vater seinen Bissen runtergeschluckt hatte, sah er Jürgen mit traurigen Augen an: „Junge, sei mir nicht böse, aber über den schrecklichen, scheußlichen, unmenschlichen Krieg aller Kriege kann ich nicht sprechen! Will ich auch nicht! Die Erinnerungen brechen mir das Herz. Glaub es mir!" Seine rechte Hand fuhr Jürgen zärtlich übers Haar. Dann ließ er es sich wieder schmecken. Die Bescherung fiel bescheiden aus. Aus seinem Rucksack zauberte Franz Äpfel, Nüsse, Lebkuchen und Schokolade hervor und für Liesbeth ein warmes, wollenes, buntes Kopftuch, das sie sich sofort umband und damit zum Spiegel stolzierte. So, als hätte sie schon immer jedes Jahr zu Weihnachten auf ihren Franz gewartet, schob sie ihm ein kleines Päckchen hin, das er freudig auspackte. Strahlend hielt er einen Schlips, eine passende Krawattennadel und dazu passende Manschettenknöpfe in seinen Händen. Unter den glänzenden Augen der Kinder küssten sich Liesbeth und Franz. Dazu klangen vom alten Grammophon leise Weihnachtslieder.

So gingen Weihnachtsträume doch noch in Erfüllung.

Manfred Haertel

## *So viel Heimlichkeit ...*

Was wäre Weihnachten ohne Heimlichkeiten? Ein Schenken hin, ein Schenken her! Die Vorfreude, die Spannung und die Neugier sind unbestritten die Würze zu diesem Fest. Überall knistert und raschelt das Geschenkpapier. Und überall wird nachgestöbert, um wenigstens das kleinste Geheimnis um das zu erwartende Geschenk zu lüften. Es ist eine sehr anstrengende Zeit für die Eltern, müssen sie doch unentwegt darüber wachen, dass ihre Sprösslinge nicht schon die Weihnachtsfreuden vor der Bescherung am Heiligabend haben, indem sie sich heimlich an die Geschenke heranpirschen.

Bei den Brankes war es nicht anders. Die beiden Töchter Kathie und Linda wurden jedes Jahr von Ungeduld und Neugier gequält, regelrecht zerfressen. Von Neugier wegen der erhofften Geschenke, von Ungeduld, weil sie es nicht mehr länger aushielten, ihre Geschenke für die Eltern vor ihnen zu verheimlichen. Alltäglich wiederholte sich das Spiel: „Ratet mal, was wir euch schenken!" Mutter Branke und Vater Branke kamen natürlich auf die unmöglichsten Dinge, um den Töchtern den Spaß nicht zu verderben. Vater: „Einen Rasierer?" „Falsch! Falsch!" jauchzten die Töchter. Mutter Branke: „Topflappen!" „Falsch! Falsch!" lachten beide und freuten sich, dass die Eltern stets daneben lagen beim Raten. So oder ähnlich verliefen die Ratespielchen. Jedes Mal lockten sie aber die Mutter in ihre Kinderzimmer. Schon vor der Tür schnupperte die Mutter ihr zu erwartendes Geschenk. Die Zimmer dufteten nach einem betörenden Spray, nach Rosen und Lavendel. Dieser aufdringliche Geruch reizte die Schleimhäute von Mutters Nase. Und wieder fragten beide Töchter mit verräterischem Grienen: „Rate mal, was wir dir schenken!" Die Mutter rollte mit den Augen und seufzte: „Ich weiß es nicht. Ich kann doch nicht raten. Ich lass mich lieber überraschen." Im gleichen Augenblick bestürmten beide die Mutter: „Verrate doch nur ein klein bisschen! Was bekommen wir? Nur den Anfangsbuchstaben sagen! Bitte! Das Warten dauert doch noch so lange. Wir wollen ja nicht alles wissen. Nur den Buchstaben am Anfang und am Ende! Mach schon, Mutti!" „Ihr seid mir schon Quälgeister! Wollt mich austricksen, ja?" Sie hob die rechte Hand und sagte: „Euer Ehren, ich schweige wie das Grab!"

Und auf dem Weg zum Grab waren sie dann, am Heiligabend in der Dämmerung. Vor drei Jahren war die Oma gestorben. Und es war bei Brankes zu einer weihnachtlichen Tradition geworden, vor der Bescherung durch den Wald zu spazieren, hin zum Friedhof zu gehen, um am Grab der Oma eine Kerze aufzustellen. Dieser Spaziergang wurde jedesmal zum unvergesslichen, abenteuerlichen Höhepunkt am Heiligabend. Man ging nicht einfach so drauflos, sondern Vater Branke spickte den Spaziergang mit allerhand gruseligen Einlagen. So auch diesmal.

Im Zwielicht des aufziehenden Abends, im Grau der Bäume und kahlen Sträucher war den Töchtern so schon unheimlich zumute. Ihre Hand umklammerte fest Vaters Hand. Plötzlich ruckte Vater an den Händen und blieb ruckartig stehen: „Da! Der Weihnachtsmann!" Sofort pressten sich beide Mädchen an den Vater. Eine Gänsehaut ging ihnen über den Rücken. „Wo? Wo ist der?" fragten beide gleichzeitig und blinzelten unter den Armen des Vaters hervor. Der Vater hatte seinen Spaß und zischelte: „Leise! Seid mal leise! Ich hör´ was." Kathie und Lisa lauschten. Der Wind verursachte ein Rascheln, Knistern und Knacken. Es hörte sich an, als würde sich eine Rotte Wildschweine auf sie zubewegen. Oder, als säßen Geister in den Ästen und wisperten ihnen etwas zu. Plötzlich riss sich der Vater los und lief in die fortgeschrittene Dämmerung. Die Mädchen erschraken und klammerten sich gleich bei der Mutter fest. Sie hielt dieses Gespensterspielen des Vaters schon immer für etwas übertrieben, machte aber mit, weil sie ihm den Spaß gönnte – und den Töchtern auch, die trotz des Grusels nicht auf diese Art Spaziergang verzichten wollten. Hinter einem Baum machte der Vater: „Huh, huh, huh!" Die kleine Kathie wagte sich zuerst vor, ließ Mutters Hand los und stürmte zum nächsten Baum und machte: „Huch!" Das wiederholte sich mehrmals, bis sie den Friedhof erreichten. Hier und da flackerten bereits ein paar Kerzen zwischen den Grabsteinen und Holzkreuzen. Es sah schaurig aus. Still betraten die vier den Friedhof. Schweigend verharrten sie einen Moment vor dem Grab. Vater zündete die rote Kerze an und stellte sie auf eine umgedrehte Blumenvase. Der helle Kerzenschein spiegelte sich auf den Gesichtern. Lisa brach als Erste das Schweigen: „Oma kann uns doch sehen? Sie freut sich bestimmt über die Kerze." „Ist im Himmel auch Weihnachten?" wollte Kathie wissen. „Na sicher", antwortete der Vater, „Engel feiern doch auch Weihnachten!" Lisa sinnierte vor sich hin: „Ja, aber Tote können doch nicht mehr so ... na ja ... ich weiß nicht. Die sind doch dann mausetot!" Kathie zeigte auf den Grabhügel und fragte: „Wie sieht es da unten jetzt aus?" Die Mutter mochte nicht mehr lange stehen und meinte nur: „Da unten? Da sind nur Knochen. Kommt, lasst uns Bescherung machen!" Das war das Wort, worauf beide lange gewartet hatten. Sie fassten sich bei den Händen und gingen jetzt beschwingten Schrittes der Bescherung entgegen.

Die Töchter waren inzwischen derart aufgekratzt, dass sie auf das festliche Abendbrot verzichten wollten. Aber hier setzte sich die Mutter durch: „Erst essen, dann die Bescherung!" So geschah es dann auch, wenn auch unter verhaltenem Murren. Im Glanz des Lichterbaums, bei Weihnachtsmusik vom Tonband wurde gespeist. Den Eisbecher schleckerten die Mädchen hastig hinunter. Mutter und Vater ließen sich Zeit. Das nervte die Töchter. Ungeduldig rutschten sie auf ihrem Stuhl hin und her. Lisa maulte: „So langweilig. Können wir nicht schon in unsere Zimmer? Wir müssen noch Heimlichkeiten vorbereiten." „Na, dann haut schon ab!" sagte der Vater und schmunzelte vor sich hin. Mit einem Satz waren beide Mädchen vom Stuhl und liefen in ihr Zimmer. Kathie drehte sich noch einmal um und drohte: „Aber nicht lauschen! Es sind Überraschungen!" Dann verschwanden sie geheimnisvoll kichernd hinter der Tür. Während die Mutter den Tisch abräumte, stellte der Vater die Geschenke unter den Tannenbaum.

Das Läuten einer Glocke beendete die unerträgliche Folter des Wartens. Die Mädchen stürmten ins Wohnzimmer. Ihnen stockte der Atem. Sie blieben ruckartig in der Tür stehen. Zwei nagelneue Puppenwagen standen da. Einer war blau, der andere rot. Ihre Augen glänzten wie das Lametta am Weihnachtsbaum. Ihre

Münder waren vor Staunen weit geöffnet. Jedoch, sie konnten kein Wort hervorbringen. Erst als die Mutter fragte: „Wer möchte welchen Puppenwagen?" lösten sie sich aus der Verwunderung. Wie auf Kommando stürzte sich jede auf einen Wagen. Ohne Gezänk war die Wahl entschieden. Kathie stand auf blau, Lisa auf rot. Beide warfen einen freudigen Blick in ihren Puppenwagen, in welchem jeweils eine Puppe mit echten Haaren und mit einem richtig geöffneten Mund zum Füttern lag. Ein Junge im blauen, ein Mädchen im roten Puppenwagen. Beide wollten gerade in ihren Wagen nach der Puppe langen, da mahnte die Mutter: „Erst ein Gedicht oder Liedchen!" Die fünfjährige Kathie begann sofort mit sich überschlagender Stimme ein besonders langes Weihnachtsgedicht aufzusagen. Lisa, die um zwei Jahre Ältere, trug kurz und bündig einen Vierzeiler vor. Von nun an galt ihre Aufmerksamkeit nur noch den Puppenwagen. Am liebsten wollten sie gleich mit ihren schmucken Wagen hinaus auf die Straße. Aber der Regen hielt sie davon ab. Dann tauschten die Eltern ihre Geschenke aus. Mutter bekam einen Hausanzug, Vater ein Hemd mit passendem Schlips und einen Schlafanzug. Die Eltern saßen eng aneinander gekuschelt auf der Couch, tranken ein Glas Sekt und beobachteten zufrieden ihre Töchter, die so einträchtig miteinander spielen konnten, was bei ihnen selten vorkam. Meist gab es immer Zwistigkeiten und laute Streitereien. Aber am Heiligabend herrschte unter ihnen Harmonie.

Nach einigen Minuten brachen die Mädchen ihr Spiel ab. „Jetzt beschenken wir euch", sagten sie, verschwanden kurz, kamen dann mit selbst gemalten Bildern und allerlei Bastelei zurück. Und endlich konnten sie das Deospray zum Einsatz bringen, was die Mutter zur genüge inhalieren musste. Dann kramten beide Noten und Texte hervor. Kathie mit ihrem überschwänglichen Temperament ernannte sich zum Programmleiter. In besonders höflicher Form begrüßte sie das Publikum und kündigte die ersten Darbietungen an. Dann setzte sie sich beschwingt ans Klavier, während ihre Schwester die Geige anlegte. Beide besuchten die Musikschule und hatten sich heimlich für diesen Abend ein Programm einstudiert. Schlag auf Schlag lösten sich Klavier, Geige, Flöte, Gesang und Rezitationen ab. Und das ganze dauerte geschlagene zwei Stunden. Die Eltern waren anschließend überwältigt und ziemlich erschöpft. Aber sie sparten nicht mit Beifall, Küsschen hierfür, Küsschen dafür. Vater wurde schon etwas unruhig. Er sagte zu den Mädchen: „Ihr wisst ja, dass wir noch zu Oma und Opa wollen. Es ist schon sehr spät. Ihr müsst jetzt ins Bett. Morgen könnt ihr den ganzen Tag spielen." Kathie zog einen Flunsch: „Jetzt schon ins Bett?" Lisa schaute den Vater entgeistert an und schmollte: „Wir sind doch keine Babys mehr." Die Mutter mischte sich ein: „Ihr wisst, Mutti und Papa müssen noch dreißig Kilometer fahren. Also seid lieb!" Nicht sehr begeistert gehorchten sie trotzdem und ließen sich ins Bett bringen.

Die Eltern fuhren  mit ihrem Auto durch menschenleere Straßen und auf vereinsamten Landstraßen. Ein unwohles Gefühl hatte sie zwar beschlichen, doch sie konnten sich auf die Nachbarn verlassen, die einen Blick nach den Kindern werfen würden. Bei den Eltern der Mutter sollte es ein Überraschungsbesuch sein. Heiligabend war ihr dreißigster Hochzeitstag. Die Überraschung war auch gelungen.

Gegen Mitternacht traten Brankes den Heimweg an. Noch immer klatschte der Regen mit Schnee vermischt gegen die Windschutzscheibe. Die Ortschaften, die sie durchfuhren, waren bereits in einen tiefen Schlaf gesunken. Die Autobahn war wie leergefegt. Eine wahrhaft stille, heilige Nacht. Mutter und Vater waren glücklich. „Alles war wieder mal so richtig gelungen", sagte Frau Branke und strich ihrem Mann übers Genick. Der lächelte zufrieden. Sie kamen in ihren Wohnort, bogen in ihre Straße ein, konnten schon das Haus sehen. Plötzlich sagte die Mutter: „Bei uns brennt noch Licht! Da ist was passiert! Fahr schneller!" Nun hatte auch Vater Branke das Licht in ihrem Wohnzimmer wahrgenommen. Die letzten fünfzig Meter startete er noch einmal durch. Sie hielten, sprangen aus dem Auto, eilten die Treppe hinauf, schlossen die Tür auf und sahen ihre Töchter, wie sie ihre Puppenbabys wickelten und unbekümmert durch die Wohnung fuhren. „Was macht ihr denn jetzt noch, mitten in der Nacht? Ihr seid doch nicht gescheit! Ihr müsst doch schlafen!" Mit dunkel umränderten Augen, aber überglücklich stürzten sich beide Töchter in die Arme der Eltern und versicherten: „Wir sind wirklich nicht müde. Die Puppenwagen sind doch so schön. Und unsere Babys schreien dauernd nach uns. Die wollen ja nur noch spazieren gefahren werden." „Na", sagte der Vater, „die verwöhnt ihr ja jetzt schon. Nun aber ab in die Federn!" Beide bekamen einen leichten Klaps auf den Po. Dann trat wirklich Ruhe ein.

Am zweiten Weihnachtsfeiertag kam die befreundete Familie Reggentin mit ihrem zwölfjährigen Sohn Gerd und ihrer neunjährigen Tochter Sonja zu Besuch. Das gegenseitige Besuchen gehörte seit Jahren auch zur schönen Tradition. Nachdem die Geschenke ausgetauscht waren, stocherte jeder in seinem Kuchen herum, denn von Hunger und Appetit konnte am zweiten Feiertag keine Rede mehr sein. Kathie und Lisa hielten es nicht mehr aus und holten ihre Instrumente und Requisiten hervor und schickten sich an, die Besucher mit ihrem Mammutprogramm zu erfreuen. Vater rollte mit den Augen und flehte: „Bitte nicht zu lange!" Unbeirrt legten die beiden los. Und die Zuschauer mussten ausharren, geschlagene zwei Stunden.

Sonja beschäftigte sich mit dem Meerschwein Rudi, Gerd baute mit den Legosteinen. Die Mütter genossen die Pfirsichbowle. Die Väter tranken ihr Bier und den im Konsum unterm Ladentisch erstandenen Klosterbruder-Kräuterlikör. Während sich die künstlerischen Akteure redlich abmühten, stieg die Stimmung unter den Erwachsenen. „Ein schönes Programm", sagte Herr Reggentin augenzwinkernd und musste gähnen. Sofort traf ihn ein böser Blick von Kathie. „Ruhe!" fauchte sie den Störenfried an. Nach dem nächsten Kräuterschnaps wurden die Väter immer munterer. Lisa flötete: O, Tannenbaum. Auf einmal sangen die Väter vergnügt dazwischen: „ ... der Lehrer hat mir blau jehaun'n. Da musst' ick in der Ecke steh'n und mir die ... " Kathie kam sich veräppelt vor, ging zum Vater und schlug ihm mit dem Notenheft auf den Kopf: „Du wirst gleich blau gehau'n!" schimpfte sie. Es entwickelte sich eine Kabbelei zwischen den Künstlerinnen und den beiden Männern. Die Mütter mischten sich ein und verteilten Schelte an die Väter: „Seid nicht so kindisch. Lasst die Mädchen ihr Programm bis zum Schluss vortragen!" „Bis zum Schluss?" provozierte der Vater mit einem abfälligen Grinsen. Ungeachtet seiner Einwände lief das Programm weiter.

Schließlich wurde das Programm mit überdeutlichem Beifall beendet. Danach widmete sich jeder seinen persönlichen Freuden und Interessen. Die Kinder verschwanden mit Meerschwein

Rudi im Kinderzimmer. Die Erwachsenen spielten Karten, plauderten und scherzten miteinander.

Kathie hatte vom Programm noch nicht genug. Sie ernannte sich zur Zirkusdirektorin. Und jeder konnte sich als Dompteur versuchen. Das gezähmte, akrobatische Tier war Rudi, das arme, geduldige Meerschwein. „Taratatata!" kündigte die Zirkusdirektorin die nächste Nummer an. Rudi musste die halsbrecherischsten Kunststücke vorführen: Rolle vorwärts, Rolle rückwärts, Stehen auf den Hinterbeinen, Handstand mit Abrollen, Salto mortale, Bauchrolle über den ausgestreckten Unterarm, Werfen von einem zum anderen über die bunte Rechenmaschine für Anfänger. Die Kinder hatten einen Heidenspaß. Nur Rudi schien es zu missfallen. Er wollte alles sein, nur kein Zirkusartist. Aber niemanden kümmerte sein Aufbegehren. Keiner hörte sein jämmerliches Grunzen, Schnaufen, Piepsen. Die Kinder hatten ihren Jux und wurden immer übermütiger. Beim dreifachen Salto ohne Netz geschah es dann. Sonja wirbelte ihn an den Beine durch die Luft, ließ ihn los, Gerd konnte ihn nicht fangen, Rudi krachte auf den Boden. Noch ein paarmal zuckten seine Beine, dann lag er reglos da. Die Mädchen brachen sofort laut heulend in Tränen aus. Lisa schluchzte: „Ihr habt meinen Rudi getötet!" Sie hob ihr Meerschwein hoch, legte es in ihre linke Hand und streichelte es, schmiegte ihre Wange an das warme, weiche Fell. Sonja wischte sich die Tränen aus dem Gesicht und stammelte: „I...ich habe das nicht gewollt." Kathie, die zuerst ihre Tränen weggeschluckt hatte, schlug vor: „Wir müssen Rudi ordentlich beerdigen!" Aber wer sollte ihn einbuddeln? Keiner wollte der Bestatter sein. „Papa muss ihn einbuddeln!" sagte Lisa und lief jämmerlich weinend in die Wohnstube und stürmte auf die Mutter zu. Ihre Stimme war im Tränenmeer erstickt, als sie sagte: „Mutti, Sonja hat meinen Rudi tot gemacht!" „Stimmt ja gar nicht!", rief Sonja, die ihr gefolgt war, „wir haben ja alle mit ihm Zirkus gespielt! Gerd hat ihn fallen lassen. Der ist schuld!" Ein Gezänk und Gezeter unterbrach die Weihnachtsstimmung. „Und wer beerdigt Rudi jetzt?" fragte Kathie herrisch. Alle schauten sich an. Die Frauen meinten, das muss ein Mann machen. Nun guckten alle erwartungsvoll und ein bisschen schadenfroh zu Gerd. Der wurde knallrot und rechtfertigte sich: „Ich kam ja nicht auf die Idee mit dem Zirkus. Ich kann das nicht. Solch totes Tier anfassen. Nee!" Nun ruhten alle Blicke auf Vater Branke. Der wehrte sofort ab: "Ich bin dafür gänzlich ungeeignet. Ich ekel mich so schnell, bekomme eine Griebe. Nee, nee, nee, nee! Lasst mich mal damit in Ruhe!" Da sagte Vater Reggentin: „Ich weiß ja, ihr schiebt mir das Unangenehme zu. Bin ja Tischler, habe schon Einsargungen vorgenommen. Gib mal her! Holt einen Spaten!" Während die Kinder ein standesgemäßes Holzkreuz bastelten und auf fester Pappe schrieben „Hier ruht in Frieden unser liebes Meerschwein Rudi, der Zirkusartist" schaufelte Herr Reggentin das Grab im leicht gefrorenen Boden unter einem Apfelbaum. Im Schuhkarton sollte Rudi zur letzten Ruhestätte getragen werden. Bevor er hineingelegt wurde, wurde der Sarg mit Rüschen ausstaffiert. Dann wurden Futter und einige Gegenstände aus seinem Käfig dazugelegt. Würdevoll schritt Lisa mit dem Karton zum Grab, an dem sich alle versammelt hatten. Kathie flötete ein Weihnachtslied. Vater Branke sprach salbungsvoll: „Rudi, du warst unser Freund. Ruhe in Frieden und komme in den Meerschweinchenhimmel!" Eigentlich sollte Lisa die letzten Worte sprechen. Aber der dicke Kloß im Hals und die Flut der Tränen machten es ihr unmöglich, auch nur eine Silbe über die Lippen zu bekommen.

Nach diesem Beerdigungsakt war die Stimmung gedämpft. Das Abendbrot wollte auch nicht schmecken. Lisa und Sonja bekamen keinen Bissen runter. Kathie und Gerd schmatzten genüsslich Nougat und Marzipan. Die Männer langten tüchtig zu beim Fleischteller. Die Frauen dachten an ihre Linie und pickten nur hier und da ein Häppchen heraus. Der Underberg half bei der Verdauung.

Draußen hatte sich inzwischen ein Schneegestöber mit dicken Schneeflocken ausgetobt und mit einigen Zentimetern Schnee die Erde bedeckt. Zudem war es empfindlich kälter geworden. Die ersehnte weiße Weihnacht kam doch noch, und die Freude darüber war groß. Rudi war für eine Weile vergessen. Man ging hinaus, um einen Schneemann zu bauen. Eine zünftige Schneeballschlacht machte die Erwachsenen zu Kindern. Herr Reggentin, der bereits einige Promille intus hatte, tobte sich so richtig aus. Er wälzte sich im Schnee, ließ sich von den Kindern einreiben und juchte wie ein unbändiges Kind.

Gegen zehn Uhr machten sich die Reggentins auf den Heimweg. Vater Reggentin torkelte schon erheblich. Trotz seines Widerstandes bestand seine Frau darauf, das Geschenk von den Brankes mitzunehmen. So schulterte er widerwillig den Liegestuhl aus Holz, verabschiedete sich und trottete schwankend mit dem Gestühl davon.

Unterwegs begegneten die Reggentins Leute aus dem Ort. Die Leute wunderten sich über Herrn Reggentins sonderbare Last und fragten amüsiert, wohin er mit dem Liegestuhl wolle. Die Badeanstalt hätte doch Winterpause. Einer fragte: „Kommst du etwa aus der Karibik?" Herr Reggentin konterte etwas lallend: „Nee, vom Ballermann uff Mallorca!" Und er hob den Zeigefinger und versicherte allen noch: „Leute, der nächste Sommer kommt bestimmt! Fröhliche Weihnachten!"

Manfred Haertel

## *Wandlungen und Wendungen*

Die so genannte Wende war bereits vor drei Jahren vollzogen. Schon längst waren im Osten die Gotteshäuser am Heiligabend gefüllt mit Gläubigen, Ungläubigen und Zweiflern. Bei Rolf und Beate hing mal wieder am Heiligabend der Haussegen etwas schief. Die Kinder waren aus dem Haus, sie wohnten weit weg. Das alljährliche Familientreffen zu Weihnachten wurde für den ersten Weihnachtsfeiertag vereinbart. Wie im vorigen und vorvorigen Jahr bettelte Beate ihren Rolf: „Lass uns doch mal dieses Jahr in die Kirche gehen!" Und wie jedes Jahr sträubte sich Rolf mit den Worten: „Mensch, kapierst du nicht? Ich als ehemaliger NVA-Politoffizier renne jetzt zu den Pfaffen in die Kirche!" „Na und? Du bist doch nur noch Nachtwächter!" Seinen sozialen Abstieg im freien Fall hatte Rolf noch nicht verkraftet. Er war Anfang fünfzig und angestellt bei einem Wachdienst, der nachts Industrieobjekte zu bewachen hatte. Sie war Ende vierzig, hatte eine ABM-Stelle und pflegte seither die Grünanlagen ihres Wohnortes mit den dreitausend Seelen, wo jeder fast jeden kennt. Während ihr Rolf noch immer der DDR nachtrauerte, hatte sich Beate eingerichtet in der neuen Welt. Sie hatte schon früher unter der Enge im Sozialismus gelitten. Aber die Liebe zu ihrem Rolf hatte ihr immer wieder Kraft gegeben. Und der gute Verdienst als Hauptmann war auch nicht zu verschmähen. Also gingen und gehen heute noch beide gemeinsam durch dick und dünn. Nun dieser Streit. Diesmal wollte Beate nicht nachgeben. Sie sah nicht ein, weshalb er sich am Heiligabend dem Kirchgang verweigerte, wo doch fast der ganze Ort auf den Beinen Richtung Kirche ist. Außerdem war sie es ihrer Mutter schuldig, die seit der Wende wieder Kirchensteuern bezahlte und nun regelmäßig die Gottesdienste besuchte. Beate wusste nur zu gut, dass sie mit Gewalt bei ihrem Rolf gar nichts erreichte. Er musste stets in solchen Situationen das Gefühl haben, die Entscheidung, welche auch

87

immer, sei nach seinem Willen geschehen. Sie goss ihm seinen Lieblingscognac ein, umwarb ihn mit weiblicher Kunst und sagte: „Sieh mal, wir hörten und sangen schon früher heimlich stille Nacht, heilige Nacht. Wir bekamen über meine Mutter heimlich Westpakete. Und wir guckten leise Westfernsehen, auch wenn euer Stasimann mit dem Stethoskop von Wohnungstür zu Wohnungstür schlich und lauschte. Heute brauchen wir nichts mehr heimlich machen! Und du traust dich nicht in die Kirche. Insgeheim denkst du doch auch darüber nach, ob es einen Gott gibt. Ich kenne dich doch. Na los, komm, lass uns heute einmal hingehen!" Sie umgarnte ihren Mann weiter, der noch immer stocksteif im Sessel saß. Sein ganzes Inneres wehrte sich vehement gegen diesen Kirchgang, nicht, weil er etwa überheblich auf die Kirchgänger schaute oder Gott verlästerte, sondern aus Scham vor den vielen Leuten, die ihn noch als pflichtbewussten Genossen kannten. Unmöglich, sagte er sich. Ich mich mit denen auf einer Kirchenbank rumdrücken? „Ich mag nicht und will nicht! Damit basta!" Sprach es und schob Beate unwirsch von seinem Schoß. Kurz entschlossen sagte Beate daraufhin: „Gut, dann gehe ich allein!" Sie machte sich zum Gehen fertig. Zum ersten Mal in seiner Ehe fühlte Rolf, dass er bei seiner Beate abgeblitzt war. Er geriet ins Grübeln. Er befürchtete, dass ein Wermutstropfen die schöne Weihnachtsatmosphäre vergiften könnte. Und das wollte er auf gar keinen Fall, schon wegen der Kinder und Enkelkinder nicht, die anderntags kommen wollten. So bezwang er sein Ego, ging seiner Frau hinterher, schlang, als sie gerade ihren Mantel überziehen wollte, von hinten seine Arme um ihren Oberkörper und drückte sie fest an sich. Dabei hauchte er ihr ins Ohr: „Wir gehen, aber erst um halb sechs. Da ist es schon dunkel." Beate ließ sich von seinen Küssen im Nacken betören und war stolz auf ihren Sieg über seine Eitelkeit, denn ein guter Verlierer war Rolf noch nie.

Mit einem unbeschreiblich miesen Gefühl näherte sich Rolf der Kirche. Flau im Magen, ausgedorrt der Mund, den Blick nach unten gesenkt, damit er auch gar keinen grüßen musste. Am liebsten hätte er jetzt die Tarnkappe vom gehörnten Siegfried auf, als er mit Schrecken die Menschenschlange vor dem Eingang der Kirche erblickte. Für einen Sekundenaugenblick stockte er im

Gehen. Er hatte nur den einzigen Wunsch, sofort umzukehren. Aber seine Beate zog ihn wacker mit sich. Als sie sich der wartenden Menschenmenge näherten, hörte er hier und da: „Guten Abend, Familie Käsling!" Etwas scheu knurrte Rolf so manchen Gruß zurück, während seine Frau höflich und irgendwie locker jeden Gruß erwiderte. Und das mit erhobenem Haupt. Schlimmer für Rolf wurde es nur noch, als sich die Türen öffneten und die vielen Leute nach dem Gottesdienst um sechzehn Uhr fast feierlich an ihm vorbeidefilierten. Er drehte ihnen den Rücken zu, wandte sich zu seiner Beate hin und tuschelte ihr ins Ohr: „Ich glaub's nicht! Wer doch so plötzlich alles heilig geworden ist? Da hinten der Schuldirektor, dort der ABV. Und guck mal, der ehemalige Ortsparteisekretär war auch beten. Pah! Diese Verräter!" Rolf verkniff sich andere Betitelungen. Da klopfte ihm jemand von hinten auf die Schulter. Eine ganz unangenehme Situation für Rolf, der sich langsam umdrehte und in das ironisch grinsende Gesicht seines ehemaligen Feldwebels blickte. Rolf fasste sich und stieß hervor: „Ach, guck an! Sie Schulze!?" Mit noch breiterem Grinsen sagte Schulze im militärischen Ton: „Frohe Weihnachten! Herr Hauptmann!" Rolf erwiderte ebenfalls militärisch und grinsend: „Wegtreten Schulze! Auch frohes Fest!" Die beiden Ehefrauen begrüßten sich mit Handschlag und amüsierten sich köstlich über ihre Männer. Die Umstehenden verfolgten mit großen Augen und weit offenen Ohren das Geschehen. Manche schmunzelten, andere schüttelten den Kopf. Dann standen da noch naserümpfende Leute, die sich gehässige Bemerkungen zutuschelten, die Rolf zum Glück nicht verstehen konnte.

Eine Frauenstimme rief plötzlich aus der Menge: „Hallo, Beate! Hallo Rolf! Hier bin ich!" Rolf zuckte zusammen und bemerkte verärgert: „Mensch, deine Mutter! Warum muss sie denn so rumplärren?" Eine pummelige Frau drängte sich durch die Menschenmassen und strahlte die beiden an. „Ach, Mutter, brauchst dich doch nicht unsretwegen durchzwängen", sagte Beate vorwurfsvoll, „wir sehen uns doch sowieso noch." „Ist aber schön, Kindchen, dass ihr mal den Weg in die Kirche gefunden habt", sagte die Mütter verzückt und so laut, dass die Umstehenden alles genau hören konnten. „Und für dich, Rölfchen", fuhr sie fort, „ist ein Gottesdienst auch nicht schade!" Rolf räusperte sich. Ihm war es höchst peinlich, dass die Leute auf ihn nun erst recht aufmerksam geworden sind. Als hätten sie sich Jahre nicht gesehen, quasselte die Schwiegermutter ununterbrochen drauflos. Teilnahmslos, so als gehöre er nicht dazu, rückte Rolf unauffällig ein bisschen beiseite.

Über ihnen läuteten die Glocken. Der Menschenstrom bewegte sich durch die schmale Eingangstür. Beate hatte sich fest bei ihrem Mann eingehakt, der auf einmal gar nicht mehr so geduckt daher schritt. Er nickte sogar hier und da freundlich mit dem Kopf. Am Eingang stand eine Diakonisse. Mit einem weichen Lächeln und mit einem einnehmenden Blick drückte sie ihm ein Gesangsbuch in die Hand. Auf einmal kam ihm alles so unwirklich vor. Er, ein alter Genosse und dann hier in der Kirche! Das kleine Büchlein brannte zwischen seinen Fingern, und ihm kam unwillkürlich sein Parteibuch in den Sinn, das er kurz nach der Wende seinem Parteisekretär auf den Tisch geknallt hatte. Warum er das getan hatte, wusste er selber nicht mehr so genau. Es war wohl der angestaute Frust über die total undurchsichtigen Verhältnisse gewesen, denn das Aus für seine Militärkarriere war bereits abzusehen.

Als er sich von den nachdrängenden Menschen in die Kirche hineinschieben ließ und den Kerzenschein an den Bänken im Innengang flackern sah, da spürte er sich plötzlich innerlich gelöst. In ihm breitete sich ein unbekanntes, seltsames Gefühl von Feierlichkeit aus. Sie setzten sich in eine Bank. Seine Beate rückte dicht an ihn heran, ergriff seine Hand und war glücklich. Ihre Mutter beobachtete beide mit einem Seitenblick und schmunzelte vor sich hin. Ihr gingen die unzähligen Diskussionen mit ihrem Schwiegersohn durch den Kopf, als der noch Uniformträger war. Wegen ihm war ihr das Reisen in den Westen zur Schwester verboten, die er ja als Klassenfeind zu bekämpfen hatte. Aber auf die Westzigaretten und den Westbohnenkaffee war er scharf, wie der Teufel auf die Seele. Und nun saß ihr kleiner Hauptmann beim Weihnachtsgottesdienst in der Kirche. Sie empfand es als Genugtuung. Er spürte einen leichten Druck mit dem Ellenbogen in seine Seite. Beate sah zu ihm und flüsterte: „Na, ist es nun so schlimm?" „Quatsch!" entgegnete er kurz und erwiderte ihre Körperberührung. Dann blätterte er im Gesangbuch, versuchte die

Texte zu begreifen und fand, dass sie ihm zu fremd sind, zu himmlisch verklärt, wie er aus Sicht eines Politoffiziers zu urteilen fähig war. Nun gut, sagte er sich, bist einmal mitgegangen, dabei soll es aber auch bleiben!

Das Orgelspiel setzte ein. Er ließ es ohne jegliche Regung über sich ergehen, fand manche Passagen zu laut, weil sie derart in den Körper drangen, so dass das Herz zu beben begann. Als heimlicher Fan der Rolling Stones, empfand er die Orgelmusik schon sehr als Belastung. Die bekannten Weihnachtslieder gefielen ihm schon besser, und er brummelte wie die meisten um ihn herum, sogar mit. Der junge Gemeindepfarrer, der nicht so recht in die betuliche, heilige Ruhe passen wollte, er war etwas zu quirlig, schmetterte fast seine Predigt in die Massen hinein. Rolf horchte auf, fühlte sich sofort unangenehm in eine Parteitagsrede versetzt und wunderte sich wirklich sehr, wie kämpferisch die Pfaffen reden konnten. Für ihn waren alle, die von Kanzeln predigten Pfaffen. Den Begriff kannte er aus der alten russischen Revolutionsgeschichte. Und der junge, dynamische, ihm sehr sympathische Pfaffe geißelte die Armut, den Hunger, die Kriege vor allem in der Dritten Welt. Na siehste, dachte Rolf bei sich, solche Klassenkampfrede hätte ich nicht besser halten können vor meinen Soldaten.

Der Höhepunkt des Gottesdienstes kam erst noch. Der junge Pfarrer hatte eine für ihn und wohl nur für ihn glänzende Idee. Er hatte kurzerhand das Geschehen der biblischen Weihnachtsgeschichte in die Gegenwart verlegt und es so mit den Kindern seiner Christenlehre einstudiert Und so trugen die Häscher, die römischen Soldaten des Herodes, aus Holz gebastelte, schwarz angestrichene Kalaschnikows. Laut lärmend stürmten sie ein fiktives Haus und trieben die Bewohner hinaus, die dann als vertriebene Flüchtlinge durch die Welt irren mussten. Rolf war einigermaßen erstaunt, ja fassungslos und fragte sich besorgt: Also, wenn das eine christliche Weihnachtsgeschichte sein soll? Vor seinen Augen liefen Bilder ab, wie er als kleiner Steppke im Pionierhaus Holzgewehre gebastelt hatte, wie er jedes Jahr in den Winterferien ganz stolz mit diesem Holzgewehr an den Beimlerwettkämpfen teilgenommen und oft zu den Siegern, zu den Partisanen gehört hatte. Diese Erinnerungen wurden jetzt beim Weih-

91

nachtsgottesdienst in ihm wach. Ohne Zweifel, diese Art des Nachspielens der biblischen Weihnachtsgeschichte verdarb ihm und nicht wenigen Kirchgängern die Weihnachtslaune. Man vernahm es deutlich am abfälligen Raunen der Leute. Auch seine Beate fühlte sich unwohl und verdrehte ihre Augen. Sie flüsterte ihm zu: „Eigentlich wollte ich mich auf Weihnachten einstimmen lassen. Also das hier ist mir zu klassenkämpferisch." „Na siehste", frohlockte Rolf, „auch Pfaffen können Klassenkämpfer sein!"

Anschließend wurde wieder gesungen und das Vaterunser gemurmelt. Rolf bewegte wenigstens seine Lippen, während seine Beate den Text noch von früher bruchstückhaft kannte und eifrig mitsprach. Der Klingelbeutel wurde rumgereicht. Rolf steckte einen Zehnerschein rein, was Beate sehr beeindruckte. Mit großen Augen und mit einem milden Lächeln reagierte sie auf seine Großzügigkeit. Etwas verlegen sagte er leise: „Für die Armen in der Dritten Welt! Gegen die Ausbeutung und Unterdrückung im Kapitalismus!" Beim Hinausgehen bemerkte Beate leise: „Hast dein Vokabular noch gut intus! Lebst doch jetzt auch im bösen Kapitalismus!" Das Glockengeläut übertönte ihre unbeabsichtigt bissigen Worte.

Manfred Haertel


## *Ein seltsamer Weihnachtsgast*


Das Grundstück der Familie Pfeffer lag etwas außerhalb des Or-
tes, von großen Obstplantagen umgeben. Für eine Umzäunung
der dreihundertsechzig Meter reichte nie das Geld. Ihr wachsa-
mer Schäferhund Bonny sorgte für Sicherheit. Von seinem Zwinger aus konnte er fast alles gut überblicken und wittern, wenn hin
und wieder mal ungebetene Gäste auftauchten. Manchmal bellte
er nachts. Dann lief Herrchen im Schlafanzug und mit Taschenlampe hinaus, um nach dem Rechten zu schauen. Meist war es
ein gelangweiltes Bellen, was ihn aus dem Schlaf und aus dem
warmen Bett riss. Verärgert schimpfte er dann mit Bonny und zog
sich ins warme Haus zurück.
Bonny war ein recht kluger Hund. Und eines Tages dachte er
sich, wenn mich Herrchen doch nur ausmeckert, wenn ich mit
meinem lauten Bellen Alarm schlage, dann lass ich es eben lieber bleiben. Und so tummelte sich des Nachts so manches Getier
auf dem Grundstück herum. Bonny lag dann in seiner Hütte, legte
seine Schnauze auf die gekreuzten Vorderpfoten und ließ alles
um sich herum geschehen. Mal war es ein Waschbär, der auf
Pirsch ging, mal war es der Fuchs, der mit tropfendem Geifer und
hungrigem Magen zu des Nachbarn Hühnerstall schlich und immer auf die Schusseligkeit des Hühnerbesitzers hoffte, dass der
nämlich vergessen würde, den Hühnerstall zu verschließen.
Zweimal hatte er schon Glück und räuberte fast den ganzen Stall
leer. Und zweimal hatte sich schon eine Rotte Wildschweine auf
der Rasenfläche zu schaffen gemacht. Die Wildschweine pflüg-
ten mit ihren Schnauzen den ganzen Rasen um, damit sie an die
Engerlinge kommen konnten. Gelassen ließ der beleidigte Wachhund Bonny alles geschehen. Das brachte sein Herrchen noch
mehr in Harnisch und er drohte mit Knochenentzug. Das juckte
Bonny aber weniger als die Flöhe in seinem Fell. Er hatte ein für

allemal die Schimpferei seines Herrchens satt, weil er nachts niemals grundlos bellte.

Weihnachten war auch für Bonny eine wunderschöne, romantische Zeit. An einer Blautanne vor der Terrasse wurden elektrische Baumkerzen angebracht, die jeden Abend in der Adventszeit festlich leuchteten und das Grundstück erhellten. Dann tat er nachts kaum ein Auge zu. Er lag wie immer ausgestreckt in seiner Hütte und hatte den Kopf aus dem Eingang gesteckt. Er scheute weder Regen noch Frost, nur um den strahlenden Weihnachtsbaum zu bewundern.

Herr Pfeffer machte seinen täglichen Rundgang, inspizierte dabei alle Ecken und Winkel. Vor Tagen hatte er unter der besagten Weihnachtstanne an der Terrasse eine ausgelegene Kuhle entdeckt. Da wird es sich Bonny bequem machen, dachte er und gönnte seinem Wachhund die Freude, in der Adventszeit dem beleuchteten Baum nahe zu sein.

Am Morgen des ersten Weihnachtstages brachte Herr Pfeffer die Asche aus seinem Heizofen hinaus in die Mülltonne aus Blech. Er hielt den Aschekasten weit von sich, damit ihm der Wind die Asche nicht ins Gesicht blasen konnte. Auf dem Weg zur Mülltonne musste er an der Blautanne vorbei. Aus zehn Metern Entfernung sah er etwas Schwarzes unter der Tanne. Die unteren Zweige verdeckten ihm aber die Sicht, so konnte er nichts Genaues erkennen. Sein Bonny war es nicht. Da war er sich sicher, denn der winselte und jaulte freudig in seinem Zwinger, weil er wusste, sein Herrchen würde ihm jetzt die Tür öffnen, und er könnte dann befreit über das Gelände preschen. Vor sich hingrübelnd näherte sich Pfeffer der Tanne. Als er zwei Meter von der Tanne entfernt war, da vernahm er ein lautes, markerschütterndes Grunzen. Aus dem schwarzen Etwas wurde plötzlich ein ausgewachsenes Wildschwein, das sich aufgeschreckt aus einem wohl verdienten Schlaf auf die Beine stellte und sofort eine Angriffsstellung einnahm. Herrn Pfeffer war der Schreck so heftig in die Glieder gefahren, so dass er seine Arme nach oben riss und der Aschekasten samt Inhalt vor seinem Gesicht in die Höhe flog. Er wagte sich nicht zu bewegen. Es sah schon putzig aus, wie er so stocksteif dastand und die Asche von oben auf ihn niederrieselte. Anscheinend war auch das Wildschwein von diesem Anblick höchst beeindruckt, denn es verharrte auch in bewegungsloser Haltung. Nur ein mehrmaliges, warnendes kurzes „rr...rr...rr!" gab das Borstenvieh von sich. Erst jetzt erkannte Herr Pfeffer die ernste Gefahr. Zwei mächtige Hauer warteten nur darauf, ihm in die Beine oder in das Hinterteil gerammt zu werden. Vor ihm stand ein ausgewachsener, kapitaler Eber. „Frohe Weihnachten!" murmelte er vor sich hin, „das wird ja ein schönes Fest!" Beide, der vor Angst schlotternde Mensch und das sich überlegen fühlende Tier, bereit zu Selbstverteidigung, schauten sich fest in die Augen. Kein Muskel zuckte an ihren Körpern. Für Pfeffer gab es kein Entrinnen. Weglaufen war sinnlos. Er wusste, welche Geschwindigkeiten Wildschweine vorlegen können. Zu allem Übel hatten sich seine Frau und die Töchter hinter dem Terrassenfenster eingefunden und wurden nun Zeugen dieses Zweikampfs, der vorerst nur mit Blicken ausgetragen wurde. Pfeffer war diese verdammte Situation höchst peinlich vor den unerwünschten Zuschauern, die teils amüsiert lästerten und teils mit lautem „Hach! Huch! Mensch! Um Gottes willen!" Anteil nahmen an der schrecklichen Lage ihres sonst so vor Mut und Tapferkeit strotzenden Familienoberhauptes. Für Pfeffer verstrichen die Sekunden zäh wie Stunden. Heiß und kalt wurde ihm. Das Herz war in die Hose gerutscht. In den Achselhöhlen sammelte sich der Schweiß. Die Zunge klebte trocken am Gaumen. Bald hatte sich die ganze Asche auf ihn niedergesetzt. Das Bild, das er abgab, musste zum Lachen reizen. Mindestens zwei Minuten waren vergangen bis der Eber zweimal, dreimal blitzschnell die Augen schloss, dabei laut drohend grunzte und sich gemächlich umdrehte. Ist das jetzt eine Finte? schoss es Pfeffer durch den Kopf, und er wagte langsam einen kleinen Schritt rückwärts. Beim nächsten Schritt stockte er wieder, denn der Eber drehte sich noch einmal um. Und Pfeffer glaubte, in dieser Schweineschnauze ein hämisches Grinsen zu erkennen. Dann trottete der Eber von dannen, lief dicht am Hundezwinger vorbei und grunzte auch Bonny an. Pfeffer beobachtete alles aus seiner noch unsicheren Position und fluchte leise: „Der blöde Köter wedelt auch noch mit dem Schwanz!" Es kam ihm so vor, als würden sich da zwei alte Kumpel begegnen, zwei Tiere also, die sich über die Krönung der

Schöpfung, über einen vor Angst schlotternden Menschen lustig machten.

Nachdem sich Herr Pfeffer von dem Schreck erholt hatte, er wieder zu atmen wagte, erst dann wurde ihm so richtig bewusst, wie nah er einem aussichtslosen Kampf mit einem Keiler gewesen war. Auch die neugierigen Kieker hinter der Scheibe atmeten erleichtert auf, als sich das wahrlich böse anmutende Schauspiel zum Guten gewendet hatte. Pfeffer winkte ihnen zu und rief fast schon wieder fröhlich: „Noch mal Schwein gehabt! Frohe Weihnachten!"

Manfred Haertel


## *Der fliegende Weihnachtsengel*


Die Vorweihnachtszeit ist für Kinder und Jugendliche eine qualvolle Zeit – für manchen Erwachsenen auch. Das lange Warten auf die Bescherung, die Neugier, die Ungeduld. In Schulen spürt man das besonders. Tage vor Weihnachten werden die Schüler so kribbelig. Lustlosigkeit am Lernen verbreitet sich zum Verdruß der Lehrer. Die Zeit muss so reißerisch und so schnell wie möglich verbracht werden. Und im Sportunterricht soll nur noch gespielt werden. So auch in der 9a. Stundenlang möchten die Schüler nur ihr Lieblingsspiel „Kastenabwurfball" spielen. Wie auch heute, drei Tage vor Heiligabend. Der Sportlehrer konnte ihren starken Bewegungsdrang auch mit zusätzlichen Wettspielen nicht eindämmen und ihren Übermut nicht bremsen. Zehn Minuten vor dem Pausenklingeln ist dann Schluss. Man verabschiedet sich mit: „Frohe Weihnachten! Schöne Ferien!" Aufgezwirbelt wie die Schüler schon sind, setzt sich die Kabbelei wegen Sieg und Niederlage in der Umkleidekabine fort, und sie ist auch noch nicht beendet, als man, immer noch sehr aufgebracht, im Klassenzimmer seine Mittagsstulle kaut. Mädchen und Jungen liegen sich wie Streithähne in den Haaren. Die stabil gebaute Inja haut erregt mit ihrer Pranke auf den Tisch: „Ihr Waschlappen von Bengels habt doch kläglich verloren!" Der wilde Matti feuert zurück: „Ihr blöden Weiber habt doch keine Ahnung! Wir haben gewonnen! Wir sind schließlich Männer!" Die stramme Inja kontert: „Ja Weihnachtsmänner!" Das will Matti nicht auf sich sitzen lassen, und er poltert zurück: „Halt doch deine ... " Er verkneift sich das Wort und fügt wütend hinzu, „Weiberpack!"

Still auf seinem Stuhl hockt Hotte Kabutzke, ein ruhiger, kleiner, unscheinbarer Bursche, den keiner wahrnehmen würde, wenn er nicht hin und wieder auf Fragen der Lehrer antworten müsste. Aber auch da versagt er meist, weil er zum Lernen überhaupt keine Lust verspürt. Für die Mädchen ist er der süße Kleine. Für die Jungen ist er eine Memme, der nichts, aber auch nichts „auf der Kirsche hat", wie Matti ihn oft hänselt. Niemand weiß so recht, warum Hotte auf die dumme Idee kommt, als er sagt: „Los, wer springt mit mir aus dem Fenster?" Alle Streithähne unterbrechen sofort ihren heißen Disput und wenden sich Hotte zu. Einige klopfen sich mit der flachen Hand gegen die Stirn: „Du bist wohl bekloppt?" „Willst wohl noch vor Weihnachten auf dem Friedhof landen?" fährt Inja ihn an. Ihr Klassenraum liegt im zweiten Stock. „Bis unten auf den Betonboden sind es gut acht Meter, Bengel", sinniert Matti laut, scheint aber  nicht abgeneigt zu sein, diese Mutprobe miterleben zu wollen. Auch Dodi und Ecki finden plötzlich diese Idee grandios. Man könnte den Weibern endlich mal zeigen, was Jungen drauf haben, um Mut zu beweisen. Hotte fragt den pummeligen Ecki: „Machste mit? Für zehn Euro springe ich aus dem Fenster! Echt!" Ecki schlackern die Knie schon bei diesem grässlichen Gedanken und er winkt sofort ab: „Nee! Ist mir zu hoch!" Dodi lacht Ecki aus: „Du Fettschwabbel würdest doch nur einen Fettfleck hinterlassen!" Einige Mädchen mischen sich ein: „Ihr Spinner! Lasst den Quatsch! Ihr wollt wohl im Rollstuhl sitzen?" Nun beweist Hotte allen, dass er es wirklich ernst meint mit seinem freien Fall aus dem zweiten Stock, denn er öffnet das Fenster, klettert aufs Fensterbrett, setzt sich darauf und lässt seine Beine nach draußen baumeln. „So", sagt er mit eiskaltem Grinsen, „wer rückt nun die zehn Euro raus? Ich springe!" Dabei setzt er eine blöde Grimasse auf und sieht wie einer aus, der kurz vor der Klapsmühle steht. Viele halten entsetzt den Atem an. Aber Matti und andere Jungen genießen den Nervenkitzel. Da holt Ecki einen Zehn-Euro-Schein aus seinem Portmonee, lockt Hotte mit diesem, will ihm aber selber den Schein nicht in die Hand drücken. Ecki ist schlau genug, um sich auszumalen, dass man ihn bestrafen würde, wenn etwas Schlimmes passierte. Dodi nimmt ihm den Schein aus der Hand, geht zu Matti, der Hotte am meisten anfeuert: „Nun hops schon runter! Trauste dich sowieso nicht! Angeber! Memme!" Jetzt hat Matti den Euroschein und somit Hottes Schicksal in der Hand. Ob es sein Wirrkopf ist oder sein Glaube, Hotte wolle nur Eindruck machen und sowieso nicht springen – jedenfalls geht er zu Hotte ans Fenster, steckt ihm  den Geldschein in die Hand und sagt: „Na los, nun spring schon!" Matti hat es kaum ausgesprochen, schon ist Hotte vom Fensterbrett verschwunden. Ein kreischender Aufschrei der Mädchen. Lautes Johlen und Händeklatschen der Jungen.

Unter ihnen im ersten Stock hat die vierte Klasse noch Unterricht. Die Lehrerin schreibt gerade die Hausaufgaben ins Klassenbuch, da ruft einer aufgeregt: „Eben ist ein Mensch am Fenster vorbeigeflogen, Frau Rückert!" Die Lehrerin hebt den Kopf und sagt: „Erzähl nicht solchen Unsinn! Träumst wohl? Oder willste mich vergackeiern?" Da schwören auch andere: „Das stimmt, Frau Rückert! Da ist ein Junge vorbeigeflogen!" Ein anderer überlegt laut: „Vielleicht war es ein fliegender Weihnachtsengel?" Dörte bemerkt: „Bestimmt war es ein fliegender Weihnachtsengel! Was sonst?" Paulchen sagt: „Aber der sah aus wie Hotte Kabutzke!" Nun zweifelt sie die Worte der Kinder nicht mehr an, erhebt sich vom Stuhl, während ihre Schüler bereits zum Fenster flitzen. Ihr ist ganz komisch zumute, und sie wagt erst gar keinen Blick aus dem Fenster, weil sie fürchtet, ein schrecklicher Anblick könnte sie erwarten. „Da sitzt einer!" ruft ein Schüler. Na gut, denkt die Rückert, wenn derjenige noch sitzen kann, dann ist sein Kopf nicht aufgeklatscht und auch nicht zerplatzt. Sie beugt sich vorsichtig aus dem Fenster.

Über ihr ein Getrappel und ein hektisches Stimmenwirrwarr. Hottes Klassenkameraden rennen auch alle zu den Fenstern, schauen beängstigt nach unten. Mit dem Rücken gegen die Wand gelehnt, sitzt Hotte reglos da. „Der ist tot!" schreit Inja. „Der lebt noch!" schreit Ecki. Im nu jagen alle die Treppe hinunter zum verrückten Hotte. Der Klassensprecher rast ins Sekretariat und informiert völlig außer Puste die Sekretärin über den sensationellen Fenstersprung für ganze zehn Euros. Der Schulleiter ist nicht da. Die Sekretärin rennt kopflos durchs Gebäude und holt den Mathelehrer. Selbst traut sie sich nicht nach unten. Solch ein schreckliches Bild würde sie nie wieder loslassen. Vielleicht auch noch ein Kopfsprung? Sagt sie sich. Sie ruft vorsorglich einen Krankenwagen.

Inzwischen ist Pause, und alle Schüler stürmen aus dem Schulgebäude. Sofort hat sich eine große Ansammlung um den Fensterspringer geschart. Und der sitzt noch immer reglos da, hält den linken Arm vor seiner Brust und klammert den Zehn-

Euro-Schein fest zwischen seinen Fingern. Er gibt ein kurioses Bild ab. Die Augen sind weit aufgerissen wie bei einem, der unerwartet ein Gespenst sieht. Er japst vergeblich nach Luft. Sein Gesicht ist kreidebleich. Er zittert am ganzen Körper. Beim Aufprall muss ihm die Lunge gestaucht worden sein. Matti und Dodi helfen ihm auf die Füße. Allmählich kann er wieder durchatmen. Er macht sich von den beiden los und humpelt in den Flur. Da trifft er auf den Mathelehrer, der besorgt fragt: „Was ist passiert?" Mehrfach bekommt der von den Umstehenden alles haargenau erklärt. Das haut den Lehrer, der allerhand gewöhnt ist, nun doch um und er fragt: „Bist du so bescheuert, Junge? Hättest dir ja Hals und Genick brechen können. Oder wolltest du ein Mauersegler werden? Dazu müssen dir erst noch Flügel wachsen! Ist dir was?" erkundigt er sich noch. Hotte schüttelt den Kopf: „Nur der linke Fuß tut weh." Und er hinkt mit schmerzverzerrtem Gesicht den Flur entlang, kommt gerade noch bis zur Treppe, als schon der Krankenwagen mit Blaulicht und Sirene auf den Schulhof fährt. Zwei Männer in weißen Kitteln eilen mit einer Trage herbei, legen Hotte, der immer noch den Zehn-Euro-Schein krampfhaft festhält, auf die Trage und schleppen ihn zum Auto. Der Lehrer kann sich die Bemerkung nicht verkneifen: „Die zehn Euro Praxisgebühr hält er schon in der Hand!" Die Sanitäter grienen vor sich hin, steigen ins Auto, fahren unter unzähligen Blicken und dummen Sprüchen der Mitschüler vom Schulhof.

„Wer hat ihm den Zehn-Euro-Schein gegeben?" fragt der Mathelehrer mit strenger Miene. Die Schüler drucksen herum, schauen sich fragend und hilflos an. „Nun sagt schon", fordert der Lehrer nachdrücklich, „welcher Hirni hat ihm den Schein gegeben? Oder sollen wir erst die Kripo kommen lassen? Dann seid ihr alle dran! Allesamt!" wird er immer ungehaltener, „also wer?" Kleinlaut sagt Inja: „Matti war´s!" Matti setzt sich lautstark zur Wehr: „Das war ja nicht mein Geldschein! Ich habe gar kein Geld bei! Der Zehner ist von Ecki! Jawohl, der Ecki hat schuld!" Der dicke Ecki plustert sich sofort auf: „Ja, ja, ist mein Zehner. Aber gegeben hat ihn Matti!" Ein Mädchen ergänzt noch: „Der Dodi war auch dabei!" Der Lehrer nimmt die drei Übeltäter mit nach oben ins Sekretariat. Dort flucht er: „Diesen Blödsinn nun auch noch kurz vor Weihnachten. Wo ist denn der Chef heute?" Die

Sekretärin hebt die Schultern und meint: „Er tat so geheimnisvoll. Mit dem Stellvertreter zog er vor einer Stunde los. Aber wohin?"

Der Chef sitzt mit Schulleiterkollegen in ganz gemütlicher, vorweihnachtlicher Runde in einem Restaurant. Sie wollen das Jahr bei einem ungezwungenen Plausch und bei einem festlichen Mittagessen ausklingen lassen. Man plaudert über schulische Probleme und private Erlebnisse. Inzwischen sind sie beim Kompott angekommen. Plötzlich ruft die Kellnerin in den Raum: „Wer ist der Schulleiter von der Realschule? Er möchte mal ans Telefon kommen! Ein Lehrer ist dran!" Gramisch fährt zusammen, sagt: „Welche Wehwehchen haben die denn nun wieder? Kommen die nie ohne einen aus?" Etwas verstimmt lässt er seinen Eisbecher stehen und begibt sich zum Telefon. Sein Mathelehrer röhrt ihm ins Ohr: „Du, der Kabutzke ist aus dem Fenster im zweiten Stock gesprungen!" Gramisch beginnt zu lachen: „Also, nun hör´ bloß auf! Du mit deinen albernen Späßen." Am anderen Ende hört er: „Spaß beiseite! Es stimmt. Der Bursche hat für zehn Euro den freien Fall ausprobiert. Hier, bitte, unsere Sportkollegin kann es dir bestätigen." Der misstrauische Gramisch, der seinen Kollegen, der für jegliche Streiche zu haben ist, nur zu gut kennt, verlangt die Kollegin, die ihm das bereits Gehörte bestätigt. „Ich komme sofort zur Schule!" sagt Gramisch und kehrt mit finsterem Gesicht zur gemütlichen Runde zurück. Er gibt eine kurze Erklärung ab, bezahlt und verzichtet auf seinen noch dreiviertel vollen Eisbecher genauso wie sein Stellvertreter. Beide hasten geradezu aus der Gaststätte, steigen ins Auto und fahren zur Schule, wo der Unterricht längst schon beendet ist.

In der Schule erwarten ihn noch einige seiner Kollegen, die noch immer aufgeregt und heftig über den Vorfall diskutieren. Man verlangt eine harte Bestrafung derer, die Kabutzke zu diesem lebensgefährlichen Sprung angestiftet haben. Zunächst ist der Schulleiter bemüht, Kontakt zu den Eltern herzustellen. Telefonisch bekommt er vom Krankenhaus keinerlei Auskunft. Aber zu Hause erfährt er zunächst von Hottes Bruder, dass die Mutter auf dem Weg ins Krankenhaus sei. Alle treibt die Sorge um: Welche gesundheitlichen Schäden hat der Junge erlitten?

Am Abend ruft der Schulleiter noch alle Eltern an, deren Söhne maßgeblich am Vorfall beteiligt waren. Bei jedem stößt er auf eine Wand des Schweigens und des Widerstands. Den Ecki hat er zuerst an der Strippe. Der Ecki versucht sich natürlich raus-zuwinden. Im Hintergrund hört er Eckis Vater: „Du sagst nichts! Gar nichts! Hörst du?" „Ja, Papa!" gehorcht Ecki und gibt den Hörer seinem Vater. Der wettert aufgebracht los: „Was wollen sie meinem Sohn anhängen? Wenn der Idiot aus dem Fenster sprin-gen wollte, dann hat er selber schuld. Außerdem warten wir erst mal ab, wie sich die Sache entwickelt! Frohe Weihnachten!" Es knackt im Hörer. Gesprächsende.

Danach wählt er die Eltern von Matti an. Der Vater blockt Gra-misch gleich ab: „Ich habe davon gehört. Ich muss erst mit mei-nem Sohn sprechen. Außerdem ist Weihnachten. Ich wünsche ihnen auch ein frohes Fest!" Wieder wird das Gespräch ergebnis-los beendet. Dodis Mutter keift gleich schrill ins Telefon, so dass Gramisch den Hörer vom Ohr abhalten muss: „Mein Junge hat nur den Geldschein weitergegeben! Das ist doch kein Verbre-chen! Und wenn der Blödmann unbedingt aus dem Fenster springen muss, dann hat das mit meinem Dodi nichts zu tun! Su-chen sie sich einen anderen Sündenbock!" Sie spricht´s und legt auf. Der Schulleiter ist genervt und erzürnt.

Letzter Schultag vor den Weihnachtsferien. Die Stimmung in der Schule ist gedrückt. Noch nie war es in den Pausen so still und diszipliniert. Das einzige Thema, das auf dem Schulhof die Runde macht, ist der Fenstersprung des Hotte Kabutzke. Jeder will mehr Gräuliches erfahren haben als der andere. Für die ei-nen ist er querschnittsgelähmt. Für die anderen ist sein Gehirn schwer lädiert. Und wieder andere behaupten zu wissen, dass all seine inneren Organe nur noch ein einziger Matsch seien. Des-halb warten alle auf den angekündigten Appell, bei dem der Schulleiter genau berichten wird, wie es nun um ihren Mitschüler Hotte steht. Man sieht es Gramisch an, dass er übernächtigt ist. Dunkle Augenränder, ein zerknittertes und zerknirschtes Gesicht. Seine sonst so volle Stimme klingt wie das Knarren einer Schup-pentür, als er sich zuerst Luft macht: „Dieser Vorfall mit Kabutzke ist eine Riesenblamage für unsere ganze Schule! Es zeigt sich, wie unkameradschaftlich ihr miteinander umgeht. Keiner hat sich Kabutzke in den Weg gestellt! Niemand hat ihn von seiner unsin-nigen und gefährlichen Tat abgehalten! Schämen muss sich die ganze Klasse. Alle hätten eine Strafe verdient. Wir können froh sein, dass alles so glimpflich abgelaufen ist für Horst. Es hätte auch zu einer Katastrophe führen können. Ein Schutzengel muss ihn wohl vor Schlimmerem bewahrt haben. Zum Glück hat er sich nur drei Mittelwurzelknochen der Zehen gebrochen. Über Weihnachten muss er im Krankenhaus bleiben. Wenigstens eine kleine Strafe für seine Dummheit! So, ihr habt ja in den Ferien Zeit, über das Geschehene nachzudenken. Erholt euch und frohe Weihnachten!"

Heiligabend bei Kabutzkes. Trotz Bemühens der Eltern will überhaupt gar keine rechte Weihnachtsstimmung aufkommen. Obwohl sie alle mit Gott und Kirche nichts am Hut haben, besteht die Mutter darauf, dass sie alle zum Gottesdienst gehen. Die zwei älteren Geschwister maulen zwar, fügen sich aber der Mutter. Die fünfjährige Schwester ist begeistert, denn sie hofft, in der Kirche den Weihnachtsmann zu treffen, der dort unter den Kindern Geschenke verteilt. Vater Kabutzke muckt gegen seine resolute Frau nicht auf und folgt ihr wie das Lamm dem Wolf, der zuvor Kreide gefressen hat. Mutter Kabutzke hat gemeint, eine höhere Macht müsse ihren Hotte vor einem großen Unheil bewahrt haben. Und das könne nur der liebe Gott gewesen sein. Und dem will sie danken, in seinem Haus, in seiner Kirche. Sie duldet keinen Widerspruch. Gegen halb fünf ziehen sie wie die Flodders los. Vater im uralten Anorak, den er schon beim Melken getragen hatte und der nach Kuhstall riecht. Er stolziert galant vorne weg, mit der Zigarre im Mund. Ihre sechzehn und siebzehnjährigen Söhne, der eine trägt als Frisur einen blauen Hahnenkamm, der andere einen knallroten Hahnenkamm, mit Kettchen und Lederstrippen behangen, trotteln ihnen rauchend hinterher. Eine Bierfahne geht ihnen voraus. Die kleine, rundliche Tochter im Roten Steppmantel stolpert auf ihren Senk-und Spreizfüßen neben der Mutter her.

Sie streiten über Schweinshaxe oder Kotelett mit Pommes, die es zum Abendbrot geben soll und erreichen so die Kirche, nicht wissend, ob es eine katholische oder evangelische ist. Das macht ihnen überhaupt nichts. Hauptsache Glockengeläut erklingt, Kerzen sind angezündet und Gesangsbücher werden ausgeteilt. Etwas lautstark poltern sie in das Gotteshaus. Die schrägen, vor-

103

wurfsvollen Blicke der Leute stören sie nicht. Der Ältere meint: „Warum gaffen die denn so?" „Halt den Mund!" fährt die Mutter ihn an. Vater verstaut seine kalte Zigarre in der Anoraktasche, dreht sich nach allen Seiten um, denn er hofft Arbeitskollegen aus dem Kuhstall zu treffen. Bald entdeckt er auch seinen Brigadier. Und er hebt die Hand zum Gruß und ruft: „Hallo Erwin! Biste etwa kirchlich? Und haste tüchtig gemolken?" Seine Frau verpasst ihm einen heftigen Rippentriller und raunzt ihn an: „Mensch, benimm dir! Bist doch nicht in der Kneipe! Die Kirche ist heilig!" Er dreht sich sofort widerspruchlos um und wagt noch zu murren: „Ist ja schon jut!" Die Mutter erinnert alle daran, weshalb sie hier sind und für wen sie beten wollen, für ihren Hotte. Der Pfarrer erscheint auf der Kanzel. Die Orgel beginnt zu spielen. Die Gemeinde singt. Die Kabutzkes brummen mit. Dann liest der Pfarrer die Weihnachtsgeschichte vor. Ihr Zweitältester stöhnt nach einer Weile: „Mann, ist det langweilig!" Er holt eine Tüte mit Bonbons aus der Tasche und knistert ungeniert drauflos. Entrüstet drehen sich Leute zu ihm um und schütteln den Kopf. Die Mutter gibt ihm einen Katzenkopf, der deutlich vernehmbar ist. Die Tochter rutscht ungeduldig hin und her und fragt: „Wann kommt denn nun der Weihnachtsmann? Ich will Geschenke haben!" „Pst! Pst! Leise!" kommt es von allen Seiten. Für einen kurzen Augenblick ist unter den Kabutzkes Stille eingetreten. Die Mutter faltet andächtig die Hände, denkt an ihren Hotte im Krankenhaus, schaut auf ein Engelbild und spricht lautlos zu sich: Solch ein Engel muss bei ihm gewesen sein, als er aus dem Fenster stürzte. Danke, lieber Gott! Ich stecke auch etwas Geld in den Opferstock, nachher wenn ... Plötzlich wird sie durch ein abgehacktes Schnarchen aus ihren Gedanken gerissen. Es ist ihr Mann, der eingeschlafen ist. „Penn zu Hause!" pufft sie ihm in die Seite. Er schreckt auf, schaut sich verdattert um und labert: „Bin müde. Um drei aus´m Bett." Doch er setzt sich wieder kerzengerade hin und lauscht den Worten des Pastors.

Während Mutter Kabutzke sich immer wieder in ihre Gebete vertieft, beschäftigt sich jeder auf seine Art. Der mit dem roten Hahnenkamm hat sich Kopfhörer in die Ohren gesteckt und hört „Die Anton-Fete auf Mallorca". Der mit dem blauen Hahnenkamm spielt mit seinem Gameboy. Vater Kabutzke dreht sich eine neue

Zigarillo. Und die dicke Tochter bohrt vergnügt in der Nase und stillt so den aufgekommenen Hunger. Mutter Kabutzke ist zufrieden, dass sich jeder die Zeit vertreibt und nicht mehr so massiv die heilige Ruhe stört. Beim Vaterunser im Stehen kommen sie kaum auf die Beine. „Kommt jetzt endlich der Weihnachtsmann?" quengelt die Tochter schon zum vierten Mal. Der Pastor wünscht ein friedliches Weihnachtsfest. Das Ende des Gottesdienstes kündigt sich an. Ein Zeichen für die Söhne, die Kerzen vor sich auszupusten. Darauf haben beide schon lange gewartet, im Gottesdienst auch mal aktiv zu werden. Mit voller Lungenkraft pusten sie auf die Kerzen, so dass der flüssige Kerzentalg der davor sitzenden Frau auf den Mantelkragen spritzt, was diese zum Glück nicht mitbekommt, denn der herumgereichte Klingelbeutel lenkt sie ab. Mutter Kabutzke lässt besonders laut und einzeln viele kleine Münzen in den Beutel fallen. Das macht Eindruck, meint sie, und es würde auch ihrem Hotte nützen, damit er bald wieder gesund aus dem Krankenhaus kommt.

Der Obolus, den Mutter Kabutzke am Vorabend in der Kirche entrichtet hatte, muss oben an allerhöchster Stelle mächtig geklingelt haben, denn beim weihnachtlichen Gänsebraten schnellt die Tochter plötzlich von ihrem Stuhl hoch und läuft zum Fenster. Vor der Gartentür hält ein Krankenwagen, und sie jubelt: „Hotte ist wieder da!" Auf zwei Krücken, ganz vorsichtig einen Fuß vor den anderen schlürfend, kommt Hotte vorwärts. Alle springen von ihren Plätzen auf. Mutter stürmt nach draußen, breitet ihre Arme aus und ruft ihrem Hotte entgegen: „Unser Weihnachtsengel ist Gott sei Dank wieder zu Hause!"

Manfred Haertel

## *Die fiktive Heimfahrt*

„Genossen Soldaten!" schmettert der OvD, Major Knoll, über die Köpfe seiner Untergebenen hinweg, die im Nieselregen übelgelaunt und unbeteiligt dastehen beim Morgenappell, neben der Baracke, in der Kaserne Fünfeichen, „über die Feiertage besteht eure Gefechtsaufgabe darin, unseren sozialistischen Staat, die Deutsche Demokratische Republik, vor unseren Feinden in der aggressiven, imperialistischen BRD zu schützen! Da diese reaktionären, imperialistischen Kräfte nur darauf lauern, uns zu überfallen, besteht für das Weihnachtsfest Urlaubs-und Ausgangssperre! Ziel: Garantiert hundert Prozent Gefechtsbereitschaft! Unsere militärische Pflichterfüllung? Wir müssen immer gegenüber unserem Klassenfeind im Westen wachsam sein, Genossen!" Die Soldaten frieren. Noch fröstelnder wird ihnen bei diesen Worten ihres Majors mit dem Spitznamen „Major Sanssouci". Allen graut davor, dass dieser gefürchtete und verhasste Schinder ausgerechnet zu Weihnachten Dienst hat. Und der Major ärgert sich, dass er den Heiligabend in der Kaserne verbringen muss, anstatt mit seiner Frau in seinem neuen Eigenheim. Mitleid und Bedauern gegenüber den Vätern, die auch vor ihm stehen, empfindet der Kinderfeind nicht. Seine Devise, die er ständig zynisch hervorhebt: „Kinder gehören nicht in meinen Lebensplan. Die nerven nur und kosten Geld!" Und ausgerechnet heute am Heiligabend hängt das Schicksal der Rekruten von den Launen des Majors ab.

Die Stimmung im großen Speiseraum ist gedrückt und sichtlich mehr gereizt als an anderen Tagen. Viele sind in Gedanken zu Hause und nicht mehr in der Kaserne. Manchen kann man ansehen, wie sie mit den Tränen kämpfen. Andere betäuben ihre Gefühle mit starken Sprüchen, derben Witzen und Schubsereien. Und die meisten klatschen zornig die Reste ihres Frühstücks in die, oder lieber neben die Abfallbehälter. Da wegen des besonderen Tages trockener Kuchen angeboten wird, sorgen einige für den Nachmittag vor und stecken sich ein Stück Streuselkuchen in die Jackentasche. Auf dem Marsch in die Unterkunft kommt ihnen der Major „Sanssouci" entgegen, die Hände auf dem Rücken verschränkt. Jeder sieht es seinem Gesicht und seinem scharfen Blick an, dass er nach etwas sucht, um seine Macht zu präsentieren. Und richtig. Er brüllt: „Kompanie halt!" und streckt ruckartig seinen Arm nach vorn, zeigt mit dem Zeigefinger auf den Gefreiten Globsch und befiehlt, „vortreten!" Der Gefreite ahnt, weshalb er ihn herausfischt, setzt ein herablassendes Grinsen auf, macht drei Exerzierschritte auf den Major zu und sagt: „Zur Stelle Major Sanssouci!" Bei dem letzten Wort huscht eine Art Genugtuung über das Gesicht des Majors, denn er kennt seinen Spitznamen und mag ihn sogar. Im militärischen Ton fordert er: „Was ist in der Jackentasche? Rausholen!" Globsch holt das Stück Streuselkuchen heraus, hält es dem Major hin und meint mit gespielt reumütiger Miene: „Nur ein kleines Stückchen Streuselkuchen für den Nachmittag, Herr Major." Da nimmt der Major das Kuchenstück aus Globschs Hand, wirft es ihm vor die Füße, zertrampelt es und brüllt: „Es ist verboten, Essware mit in die Unterkunft zu nehmen!" Globsch kann sich nicht beherrschen und brüllt seinen Vorgesetzten an: „Was sind sie bloß für ein Mensch?! Essware zertreten ist ein Verbrechen, während Kinder in der Welt verhungern!" Unbeeindruckt vom Widerstand des Gefreiten enttarnt er noch vier weitere Kuchenstückschmuggler, die alle ihren Kuchen auf den Beton werfen und selbst zertreten müssen. Dann fragt er den aufsässigen Gefreiten: „Wie ist ihr Name?" Akki antwortet gelassen und wieder grinsend: „Gefreiter Globsch ..." Am liebsten würde er ihm an den Kopf schleudern, Mister Arschloch, doch er besinnt sich rechtzeitig und fügt hinzu, „Genosse Major!" Danach fragt der Major auch die anderen nach ihren Namen und notiert sie sich. „Sie kommen sofort in meine Dienststube!" faucht er sie an.

Alle fünf Delinquenten stehen in strammer Haltung vor Major Knoll. Wie immer in solchen Situationen hat er seinen äußerst sarkastischen Anfall, der sich auch in seinem Tonfall widerspiegelt: „Es ist meine Pflicht als Vorgesetzter auf die Einhaltung unserer Dienstvorschriften zu achten. Und sie haben grob dagegen verstoßen, schon wegen unerlaubter Verfressenheit. Aber heute ist ja Heiligabend. Und euer Chef Sanssouci hat ein mitleidiges Herz", er grinst wie einer, der vor einem Verfolgten bereits die Pistole gezückt hat und zu seinem Opfer sagt, nun renn doch weg! Mit gespielter Freundlichkeit fügt er hinzu: „Anstelle der zehn Dienstverrichtungen verhänge ich nur fünf. Ist ja Heiligabend, nicht wahr? Sie kennen doch das Gestrüpp oben bei der Sportbaracke. Die ganze Barackenfront müssen sie rekultivieren. Verstanden? Alles klar?" Akki wird ungehalten und will gegen diese Willkür protestieren: „Das schaffen wir nie! Außerdem, was soll diese sinnlose Schinderei?" Knoll lehnt sich in seinen Sessel zurück und meint: „Tja, wozu habe ich meinen Namen? Ich sorge dafür, dass sie aus der Kaserne den Park Sanssouci machen! Ist doch fantastisch! Oder? Wegtreten! Um fünfzehn Uhr mache ich Kontrolle. Ich hoffe, sie haben dann die Wildnis urbar gemacht."

Mit Spitzhacken, Äxten und Spaten machen sich die Fünf an die Strafarbeit. Ein undurchdringliches Dickicht, dazu von stachligem Gestrüpp durchwuchert, soll gänzlich entfernt und der Boden völlig glatt gemacht werden. Eine Fläche von gut hundertfünfzig Metern. Alle Wurzeln müssen entfernt sein, wenn Knoll die Arbeit inspiziert. Zwischendurch stolziert Major Knoll, die Hände auf dem Rücken verschränkt, an den schwitzenden Soldaten vorbei und bemerkt spöttisch: „Immer schön fleißig, Soldaten! Kuchen will verdient sein! Disziplinverstöße werden immer sofort geahndet! Schlecht für euch, dass es auf den Heiligabend fällt! Aber ihr erlebt ja noch viele, viele Heiligabende! Klotzt ran, Jungs! Chef Sanssouci wird es euch lohnen!" Als der Major aus dem Blickfeld ist, wirft Akki wütend die Spitzhacke auf den Boden: „Jetzt besorg´ ich erst mal was für unser geschundenes Gemüt." Und schon taucht er ab durch ein Loch im Maschendraht.

Im Laufschritt hetzt der Gefreite Globsch über die Felder, Wiesen und Wege in den Ort. Der Konsum hat noch auf. Fünf Flaschen Klarer verschwinden in den Taschen der Arbeitskombi. Mit der wertvollen Last beladen durchkriecht er den Zaun. Der Wachposten gibt ihm mit einem Zeichen zu verstehen, dass die Luft rein sei. Eine Flasche versteckt er im Gestrüpp, die anderen vier bringt er unbeobachtet in die Unterkunft. Helfer gehen ihm zur Hand, nehmen rasch die Stahlrohre der Betten auseinander und gießen vorsichtig, jeder Tropfen ist kostbar, den Schnaps in die Rohre, die sie an den Enden mit Korken verschließen. Dann werden sie wieder aufeinander gesteckt.

Gegen drei taucht Major Knoll wieder auf. Sein mürrischer Gesichtsausdruck lässt die „Gartenbauarbeiter" nichts Gutes ahnen. Sein finsterer Blick begutachtet die Arbeit der fünf. Nicht einmal die Hälfte ist geschafft, obwohl die Männer gerackert haben. Nebenbei haben sie aber auch einige Züge aus der Schnapsflasche genommen. Mit Pfefferminzbonbons versuchen sie, die Schnapsfahne zu vertuschen, was ihnen auch gelingt. Knoll merkt auch nicht, dass sie ziemlich locker in ihrer Art und zum Scherzen aufgelegt sind. Der Gefreite Globsch meint zu den anderen: „Jungs, Achtung! Chef Sanssouci inspiziert unseren Urwaldeinsatz! Oder wollen Major Knoll selber zur Schippe greifen?" Alle fünf Männer stehen in strammer Haltung, wanken ein wenig, was dem Major zwar nicht entgeht. Aber er schreibt es ihrer totalen Ermattung zu, denn geschuftet haben sie ohne Zweifel, wie er anerkennend zugeben muss, es aber nicht laut äußert, weil er mit Lob sehr sparsam ist. Außerdem möchte er, dass diese vorlauten Kerle noch mehr Respekt und noch mehr Furcht vor ihm haben. Deshalb lässt er nur lakonisch verlauten: „Ich muss die Dienstverrichtungen von fünf auf sieben erhöhen und befehle, morgen die restlichen zwei abzuarbeiten! Da vergeht der Feiertag schneller! Wegtreten!" Als er ihnen den Rücken zukehrt und hinter dem Gestrüpp verschwunden ist, schleudern sie ihm fluchend Spaten und Spitzhacke hinterher: „Verdammter Schinder! Zu Weihnachten für dich schuften! Du spinnst wohl!"

Als die fünf zu ihrer Kompanie zurückkehren, ist dort die Feier zum Heiligabend schon voll im Gange. Die Hälfte der Rohre ist bereits geleert. Aus Plastetassen wird der Schnaps getrunken. Siggi hat von zu Hause Konservenbüchsen in die Kaserne mitgebracht, mit einem äußerst glückspendenden Inhalt. Weder Äpfel sind drin, noch Pflaumen, sondern Kräuterlikör ist es, den seine Frau selbst einkonserviert hatte. Die EK-Leute, die nur noch ein paar Wochen abzureißen haben und in den fast anderthalb Jahren andere Menschen geworden sind, geben den Ton an, denn sie stehen jetzt in der Hierarchie unter den Rekruten ganz oben. Sie sind das herrschende Bindeglied zwischen den Offizieren und den neu Eingezogenen, den Sprutzingern und Spritzern. Manche sind das zweite Weihnachten in der Kaserne und ertränken ihre Sehnsucht nach der familiären Weihnachtsstube im Alkohol. Die Armeezeit hat ihre Gefühle verkrusten lassen. Anderen befehlen ist ihnen eine Genugtuung. Und so treiben sie ein irrwitziges Spiel. Sie nennen es Heimfahrt. Ein jeder der EKs sitzt auf einem Hocker am Fenster ihrer grünen, unansehnlichen Baracke. Die Sprutzinger müssen sich irgendwelche Zweige abreißen und im Dauerlauf rund um die Baracke rennen, während die EKs auf ihren Hockern rucken und kippeln und so die Fahrt in einem Zug imitieren. Einer schreit die Kommandos: „Abfahrt! Langsam! Schneller! Noch schneller! Langsam! Wieder schneller ... !" Die schnaufenden und keuchenden Kameraden sollen die Bäume darstellen, an denen der Heimatzug vorbeirauscht. Manche der Läufer machen fast schlapp. Aber da sind die welterfahrenen EKs, die kein Erbarmen kennen. Niemand der jungschen Spritzer darf aufgeben. Sonst drohen nachher Hiebe mit dem Koppel auf den blanken Hintern. Oder man bekommt zur Belohnung eine viertel Plastetasse Schnaps. Also legt sich jeder der jungen Burschen ins Zeug und befriedigt den EKs und Vize-EKs ihre Gelüste, wenigstens Heimfahrt zu spielen. Und die Vorgesetzten beobachten aus der Ferne das zweifelhafte Geschehen, unterbinden es aber nicht, weil sie selber von solchen Schikanen profitieren. Macht und Unterordnung sind zwei Prinzipien, die die Disziplin in einer Kaserne sichern.

Nach diesem Heimfahrtspiel sitzen welche an Tischen, spielen Karten oder andere Spiele. Einige wälzen sich auf ihren Betten und greinen vor sich hin. Akki hat sein kleines Kofferradio auf Weihnachtsmusik eingestellt. „Stille Nacht, heilige Nacht ... " klingt es laut durch die ganze Baracke. Ein diensthabender Feldwebel lauscht, glaubt, nicht richtig zu hören. Dienstbeflissen reißt er die Zimmertür auf und fegt wie ein Orkan ins Zimmer, läuft auf das Bett von Akki zu, nimmt das Radio vom Bett und schnauzt Akki an: „Westsender hören! Das kann doch wohl nicht wahr sein! Einen Feindsender hören ist verboten! Da gehste ab nach Schwedt!" Und kraft seines Dienstgrades wirft er das Radio auf die Erde, das sofort in Stücke zerspringt. Akki runter vom Bett, packt den Feldwebel bei der Binde und schreit ihn an: „Du Idiot! Das ist Frank Schöbel! Ist eine Ostsendung! Du bezahlst mir das Radio!" Das Weiße quillt aus seinen Augen hervor. Er bebt am ganzen Körper. Siggi und noch ein Soldat reißen Akki zurück, damit er sich nicht völlig vergisst. Der übereifrige Feldwebel, der seine Rekruten vor dem schädlichen Einfluss des bösen Klassenfeindes schützen will, ist kreidebleich geworden und zittert heftig. Solche Gegenwehr eines Untergebenen hat er nicht erwartet. Seine Schlappe ist ihm höchst peinlich, und er flüchtet regelrecht aus dem Zimmer. Akki sammelt die Reste seines Radios zusammen. Alle im Zimmer sind verdammt sauer: Ein Weihnachten ohne Weihnachtsmusik! Siggi hilft Akki wortlos beim Einsammeln der Radioteile und versucht, es wieder zusammenzubasteln, was ihm aber nicht gelingt. Das Radio gibt keinen Laut von sich. Akki braucht eine ganze Weile, um sich abzureagieren. Erst als Siggi sagt: „Hoffentlich gibt der Heini Ruhe und verpfeift dich nicht noch beim Kompaniechef." Akki erwidert furchtlos: „Ist mir auch egal! Dieser Sack hat ja zuerst provoziert! Soll´n die mich doch nach Schwedt in den Knast schicken! Bin ich sogar noch stolz drauf!"

Im Laufe des Abends schlägt die lockere Stimmung unaufhaltsam in eine sentimentale Stimmung um. Der Alkohol verfehlt seine Wirkung bei den meisten nicht. Die Gedanken an zu Hause nagen unablässig an den Gefühlen der Männer hinter dem Kasernenzaun. Akki ist verzweifelt und verärgert. Er sagt: „Dieser Stumpfsinn ist nur im Suff zu ertragen. Los, wer gibt noch was dazu? Ich hole noch ein paar Granaten!" Schnell hat er einen Hunderter zusammen, schnappt sich die schwarze Aktentasche von Siggi und ist auch schon verschwunden. Er kennt eine Kneipe, die Heiligabend geöffnet hat. Der Wirt kennt ihn schon als UE-ler, der für seine Kameraden Nachschub heranschafft. Auf ein verabredetes Klopfen am Hinterhoffenster wickelt er mit Akki die Geschäfte ab. So auch heute. Es dauert auch nicht lange, da ist Akki schon wieder am Schlupfloch im Maschendrahtzaun. Er kriecht hindurch, richtet sich auf und will den Weg zur Baracke einschlagen. Da blitzt eine Taschenlampe auf. Akki steht mit seiner Aktentasche im grellen Lichtschein. Eine ihm unbekannte Stimme fordert ihn auf mitzukommen. Die Aktentasche mit dem wertvollen Inhalt hat er fest unter seinem rechten Arm geklemmt.

Erst als er in den Schein einer Lampe tritt, erkennt er zwei Unteroffiziere aus einer anderen Kompanie. Einer sagt: „Unerlaubte Entfernung! Los zum OvD! Marsch!" Akki will mit ihnen verhandeln: „Kumpels, ist doch Heiligabend. Wir woll´n nur ein bisschen Spaß haben. Ihr doch auch? Wir geben euch was ab! Kommt, lasst mich laufen!" Alles Bitten ist zwecklos. Die beiden lassen sich nicht auf sein Angebot ein. Schon stehen sie vor der Wachbude. Mit zerknirschtem Gesicht kommt Major Knoll auf Akki zu und fordert ihn auf: „Aktentasche öffnen!" Akki weigert sich und umklammert noch fester die Aktentasche. Der Major Knoll wiederholt seine Forderung: Akki guckt ihn trotzig an und sagt: „Mach ich nicht!" Da streckt der Major seine beiden Hände nach der Aktentasche aus, packt sie und zerrt daran mit aller Kraft. Akki hält sie am Griff fest. Beide Männer reißen und zerren an der Aktentasche. Schließlich rutscht die Aktentasche aus der Umklammerung des Majors. Akki bekommt plötzlich einen derartigen Schwung, dass er sich gleich mehrmals um seine eigene Achse dreht. Sein rechter Fuß knickt um, er kommt ins Stolpern und lässt die Aktentasche los, die im hohen Bogen durch die Luft saust und scheppernd auf dem Beton landet. Schnaps läuft heraus und bildet Pfützen. Die Unteroffiziere schnuppern begierig den Wodkageruch. Der eine Unteroffizier muss die Aktentasche aufheben und in die Wachstube tragen. „Gefreiter Globsch, wegtreten!" befiehlt Knoll. Akki geht, von unbändiger Wut getrieben, zu seiner Unterkunft, wo die Kameraden ihn und seinen Zaubertrunk sehnsüchtig erwarten. Ihre Enttäuschung ist unbeschreiblich, als er ihnen den Vorfall schildert und den Verlust beklagt.

Die restlichen hochprozentigen Tropfen sind nun vertilgt. Melancholie weicht einer ohnmächtigen Wut. Sentimentalität schlägt auf einmal um in unberechenbare Aggression. Wie ein aufgescheuchter Ameisenhaufen irren die Soldaten umher, laufen in der Baracke von einem Zimmer in das andere und umgekehrt. Manche werfen sich auf ihre Betten, kramen Heimatfotos hervor und beginnen leise zu wimmern oder sogar zu schluchzen. Jogi, ein Reservist um die dreißig, zerknautscht ein Foto seiner kleinen Tochter in den Händen, berührt es dann mit den Lippen und jammert: „Meine Lucie wird heute ein Jahr alt! Und ich darf nicht zu ihr! Verdammt!" Er rollt sich vom Bett, tritt wuchtig gegen den

Pappeimer mit den Kohlen, dass die Briketts durch das Zimmer trudeln. „Ich drehe durch! Ich haue ab!" flucht er. Siggi geht zu ihm, will ihn beruhigen. Jogi torkelt und schubst ihn derb von sich. Aber Siggi lässt nicht locker. Er ist noch der Nüchternste und muss dafür sorgen, dass es zu keiner Katastrophe kommt. Immer wieder redet er auf seine Kameraden ein, bugsiert diesen und jenen unter großen Kraftanstrengungen auf dessen Bett. Hier und da wird eine Schranktür eingetreten. Leere Schnapsflaschen fliegen aus dem Fenster und landen klirrend auf dem Beton. Von den Vorgesetzten wagt sich keiner unter die aufgebrachte Meute. Sie bleiben lieber in ihren Büros. Jetzt einzugreifen, ist ihnen nun doch zu heikel. Auch Major Knoll, der „scharfe Hund", verkriecht sich lieber, anstatt sich den Randalierern in den Weg zu stellen. Erst in den späten Abendstunden tritt gespannte Ruhe ein.

Um sechs Uhr morgens ist wie immer Wecken. Verkatert treten die Männer murrend und knurrend zum Frühsport an. Nur wenige der Kompanie sind auf den Beinen. Die meisten liegen noch im Bett, als die jungen Kapos in die Zimmer kommen und die Bettdecken von den warmen Körpern und geschundenen Seelen reißen: „Raus aus den Betten!" brüllen sie, „saufen und dann keine Gefechtsbereitschaft herstellen wollen!" Von allen Seiten hören sie: „Schnauze! Haut ab! Ihr Sackis!" Pantoffeln, sogar Stiefel werden wütend nach ihnen geworfen. Noch einmal wagen sich die jungen Unteroffiziere nun doch nicht in die Unterkünfte und hoffen auf den OvD Major Knoll, der die Dienstverweigerer zur Räson bringen soll. Doch der lässt sich nicht blicken.

Beim Appell aber kann sich der Major rächen. Er verpasst der ganzen Kompanie einen Verweis. Dann donnert seine Stimme: „Gefreiter Globsch vortreten! Wegen Heraufbeschwörens einer gefährlichen Situation in der Truppe degradiere ich sie vom Gefreiten zum einfachen Soldaten!" Und mit einer Schere schneidet er Globschs Schulterstücke von der Uniformjacke. Danach trägt ein Unteroffizier drei Wodkaflaschen heran. Knoll verlangt: „Soldat Globsch, gießen sie die Schnapsflaschen aus! Hier auf dem Appellplatz!" Ein Raunen geht durch die Reihen. Manche seufzen: „Der schöne Saft!" Schweren Herzens öffnet Globsch mit flattrigen Händen eine Flasche, gießt sie aus, dann die zweite und die dritte Flasche. Dabei grinst Knoll unverhohlen.

113

Die Kameraden weiten die Nasenlöcher und schnuppern begierig den Wodkageruch. Mit einem lauten Murren und Buhrufen quittieren sie die Machtausübung ihres Majors, dessen Grinsen noch immer die Gemüter erzürnt. „Was denn?" fragt er mit schlitzigem Blick, „soll ich das als Meuterei verstehen? Oben im Gestrüpp ist noch viel zu tun, Genossen!" Der Widerstand ebbt sofort ab. Ironisch sagt Major Sanssouci: „Fröhliche Weihnachten, Genossen!"

Manfred Haertel

## *Reisegruppe OST*

Es war im Jahre zwei nach der Wiedervereinigung. Die Verbrüderung und Verschwägerung hatte sich längst friedlich vollzogen, wie es sich unter ordnungsliebenden Deutschen gehört. So geschah es auch bei den Familien Schluckebier aus Ost und Hefemeester aus West. Man hatte die Tochter Heike (Ost) mit dem Sohn Bernd (West) glücklich verheiratet. Gesunder Nachwuchs war auch schon da. Hefemeesters wohnten in Bremen und die Schluckebiers in einem Dorf in der Mark Brandenburg. Da sich auch die Schwiegereltern sympathisch waren, startete man häufig gemeinsame Unternehmungen. In diesem Jahr wurden nun die Schluckebiers am ersten Adventsonntag zum Weihnachtsmarkt nach Bremen eingeladen. Dazu gesellte sich noch die zweite Tochter der Schluckebiers mit ihrem Mann und zwei Kindern. Ihr Mann ebenfalls aus West.

Also zogen die dreizehn Leutchen in sehr ausgelassener Vorweihnachtsstimmung über den bunten, in tausend Lichtern glitzernden, prachtvollen Weihnachtsmarkt vor wundervoller historischer Kulisse, dem Bremer Rathaus. Wie es der Brauch so verlangt, wurde zuerst jeder mit einer Weihnachtsmannzipfelmütze ausstaffiert, weil diese Zipfelmützen ebenso zu einem Weihnachtsmarktbesuch gehören wie der süffige Glühwein oder der Eierpunsch, hatte Opa Hefemeester laut verkündet. Die Kinder bekamen Zipfelmützen mit nervenden Bimmelglöckchen. Die Männer trugen die Zipfelmützen mit Lichtgeblinker. Und die Frauen mussten sich mit den einfachen, billigen Ausführungen begnügen. Nicht nur um sich aufzuwärmen trank man den Glühwein tassenweise, sondern, um sich nur recht schnell von der bereits herrschenden Fröhlichkeit mitreißen zu lassen. In diesem Jahr waren die Porzellantassen grün und mit den Abbildungen des Bremer Rathauses, der Bremer Stadtmusikanten, eines Nussknackers verschönert. Für zwei Mark Pfandgeld konnte man die

115

Tassen mitnehmen. Das gefiel Oma Schluckebier und sie sagte: „Die Tassen stecke ich gleich in meinen Einkaufsbeutel. Die sind ein hübsches Andenken." Ihre Tochter bremste sofort ihre Verzückung, indem sie bemerkte: „Willst du die Tassen die ganze Zeit mit dir herumschleppen? Die gibt´s doch überall." Ihre Mutter erwiderte im Geiste ihrer nicht zu leugnenden Herkunft: „Was man hat, das hat man, Kindchen!" Und sie begann, die Tassen einzusammeln. Ihr Schwiegersohn Bernd legte seinen Arm um ihre Schulter und meinte: „Du brauchst die Tassen nicht herumschleppen! Es gibt sie an jedem Stand zum Mitnehmen." Sein Vater ergänzte: „Du lebst doch nicht mehr im Osten. Hier kriegste ja alles. Brauchst nur das nötige Kleingeld." Nur sehr zögerlich rückte Oma Schluckebier die Tassen wieder raus und bedauerte: „Man kann ja auch welche verschenken, als Weihnachtsgeschenk und so." Bernd stellte die Tassen auf den Tresen und gab seiner Schwiegermutter das Pfandgeld.

Schon bald war Oma Schluckebier von diesen Porzellantassen abgelenkt. Sie war begeistert, war völlig hingerissen von diesem Anblick, der haargenau dem Bild auf einem Adventskalender aus ihrer Kinderzeit glich. Es fehlten nur die Schneeflocken. „Solch einen romantischen, wunderschönen Weihnachtsmarkt habe ich noch nie im Osten erlebt! Das ist toll!" schwärmte sie immerzu in allerhöchsten Tönen in die Ohren ihres Mannes, der sich mehr für den höchst appetitlichen Duft nach Bratwurst interessierte, als sich am beleuchteten Rathausgebäude zu erfreuen. Er säuselte: „Diese vielen Köstlichkeiten! Chinapfanne! Ferkel am Spieß! Pferdebockwurst! Beck´s-Bier!" Hefemeesters genossen es, wie glücklich sie die Schluckebiers haben machen können. „Bremen ist eben eine Weltstadt!" bemerkte stolz Opa Hefemeester, „und die liegt im Westen!" Sein Sohn hatte das Wort Pferdebockwurst gehört, sprang sofort darauf an und meinte: „Also ich esse jetzt eine Pferdebockwurst! Wer noch? Du auch?" Er knuffte seinen Schwiegervater lächelnd in die Seite, „los, wir suchen einen Stand!" Opa Schluckebier verzog sein Gesicht, rümpfte die Nase, schüttelte sich und sagte: „Pah! Um Gottes Willen! Die armen Pferde! Hast du schon mal in ein großes, braunes Pferdeauge geschaut? Nee, da muss ich brechen. Ich als Pferdenarr!" Aber was half´s? Den drei Altbundesdeutschen verlangte es nach

Pferdebockwurst, und so bahnte man sich einen Weg durch die dichten Menschenmassen hin zu einer Bockwurstbude. Und es war verdammt schwierig, alle zusammenzuhalten. Es wurde gequetscht, getreten, geschubst. Trotzdem kamen sie kaum vom Fleck. Die beiden Männer Hefemeesters waren schon weit vorneweg. Plötzlich bekamen sie mit, dass der Rattenschwanz fehlte. Sie blieben stehen und hielten vergeblich nach den Ihrigen Ausschau. Da streckte Opa Hefemeester seinen rechten Arm in die Höhe und rief ganz laut: „Reisegruppe Ost! Reisegruppe Ost! Sammelpunkt hier für Reisegruppe Ost!" Die Leute neben, vor und hinter ihm guckten ihn groß an und lachten. Manche bezipfelte Männer, mit reichlich Glühwein intus, äfften ihm nach und krähten lauthals: „Reisegruppe Ost! Reisegruppe Ost!" Sohn Bernd war es mehr als peinlich, und er riss den Arm des Vaters wieder runter. Zum Glück zwängten sich bald die anderen der Großfamilie an die beiden Ausreißer heran. Plötzlich entdeckte Kai, der achtjährige Sohn der Schluckebiers, einen Stand und rief: „Da gibt´s Bananen! Ich habe Hunger!" Wieder quetschten sie sich an Menschenleibern vorbei. Als sie an der Losbude ankamen, schüttelte Opa Hefemeester den Kopf, denn am Budendach hingen nur Bananen aus Plüsch, schön gelb, weit leuchtend. „Die sind nicht zum Essen!" sagte er halb lachend, halb verärgert, weil sie sich wegen Bananen vom Weg zur Bockwurstbude hatten abbringen lassen. Und er fügte etwas ketzerisch hinzu: „Ihr Ossis seid immer noch scharf auf Bananen, was? Na ja, kann man ja verstehen." Der Losverkäufer rief: „Leute, kauft Lose! Kauft Lose! Die Hauptgewinne sind noch im Topf!" Kai wollte nun Lose haben. Die vielen bunten Sachen waren zu verlockend. Mutter kaufte fünf Lose. Kai durfte sie aus einem Topf nehmen. Vier Nieten hatte er gezogen. Aber auf einem Los stand eine Zahl. Kai war völlig aus dem Häuschen, weil er glaubte, den vermeintlichen Hauptgewinn gezogen zu haben. Aber es war nur ein kleiner Gewinn. Doch er durfte ihn auswählen. In einer Reihe waren Plüschtiere, Plastikautos, Süßigkeiten und eben diese Plüschbanane aufgereiht. Kai steckte die Fingerspitze vom linken Zeigefinger zwischen die Lippen und konnte sich nicht so recht entscheiden. Die Männer wurden ungeduldig. Es zog sie zu der Bude mit den Bratgerüchen. „Sind doch alles nur Kinkerlitzchen!

Nun nimm schon was!" drängte der Vater. Und Kai griff zu. Es war die Plüschbanane an einem Stock. Opa Hefemeester griente verschmitzt und lieh sich diese Plüschbanane von Kai aus, hielt sie hoch, schwenkte sie hin und her und setzte im Gedränge seinen Ansturm auf die Bockwurstbude fort. Und in aller Unschuld leuchtete die gelbe Banane aus Plüsch hoch über den Köpfen der Leute. So ging ihm wenigstens keiner der Reisegruppe Ost verloren.

Während die Gourmets ihre Pferdebockwurst verdrückten, wurden die Kinder immer unruhiger und quengeliger. Die einen wollten was zum Naschen, die anderen zog es zu einem Kinderkarussell. Nach dem Bockwurstverzehr zog es aber erst einmal die Männer zum Bierzelt. Die Kinder meuterten und Oma Schluckebier ebenfalls: „Jetzt müssen die Kinder aber auch mal auf ihre Kosten kommen!" Sie nahm die zwei Töchter der Heike bei der Hand und ging mit ihnen gegenüber zum Kinderkarussell mit altmodischen, hübsch bemalten Pferden, Schweinen, Kühen und anderem Getier. Das Karussell war überdacht und hatte rundherum Holzbänke stehen. Der Andrang war groß. Sie setzte erst die ältere Enkeltochter auf ein Pferd und bezahlte für zwei Runden. Mit der Zweijährigen auf dem Arm ergatterte sie einen der begehrten Sitzplätze auf einer Bank. Die erste Runde begann. Die Enkelin winkte. Oma und das kleine Schwesterchen winkten zurück. In der zweiten Runde winkte nur noch Oma zurück, denn die Kleine auf ihrem Schoß war prompt eingeschlafen, so fest eingeschlafen, dass nicht einmal die laute Musik, das Hupen und das Klingeln des Karussells oder das Läuten der Rathausglocken sie wach machten. Und das Omaherz blutete bei dem Gedanken, das Kindchen aus dem süßen Schlaf zu reißen. Also opferte sie sich und sagte zu ihrer Familie: „Geht ihr mal herum. Ich bleibe hier solange mit der Kleinen sitzen. Sie will doch nur ein bisschen schlummern!" Sie schlummerte zwei geschlagene Stunden in den Armen ihrer Oma, die selbst kaum noch in der steifen Haltung bei eingeschlafenen Beinen und Armen sitzen konnte. Ab und zu schaute mal der eine, mal der andere der Familie bei den beiden kurz vorbei, bis sie sich alle nach fast zwei Stunden einfanden. Allesamt machten sie einen zufriedenen, gesättigten, fröhlichen Eindruck.

Es wurde allmählich immer dunkler. Und erst jetzt bekam der Weihnachtsmarkt sein unheimlich romantisches Flair. Die Reisegruppe Ost war wieder beisammen und in bester Stimmung. Das Enkelchen hatte ausgeschlafen. Omas Glieder dagegen waren eingeschlafen. Sie wurde mit Kaffee und Kuchen entschädigt und aufgemuntert.

Andere Gruppen von Besuchern zogen vorüber, scherzten, lachten und sangen. Hefemeesters und Schluckbiers so richtig mittendrin. Die Hefemeesters grüßten mit erhobener Glühweintasse Bekannte. Opa Hefemeester grüßte hier und da auch Nichtbekannte. Aber er grüßte eben aus Freundlichkeit und in der Hoffnung, manchen demnächst mal als künftigen Kunden in seiner Klempnerwerkstatt begrüßen zu dürfen. Kapitalistischer Geschäftssinn! Ungewohnt für die Schluckebiers aus dem Osten, die heute eine wichtige Lehrstunde über Lebensweise im Westen erhielten. Über ihnen läuteten die Glocken und übertönten das Stimmengewirr, die Weihnachtsmusik, das Jauchzen der Kinder auf den Karussells. Die Luft war diesig. Der Nieselregen klebte bald an der Kleidung. Aber das tat der ausgelassenen, feuchtfröhlichen Weihnachtsmarktstimmung keinen Abbruch.

Plötzlich sagte Oma Schluckebier: „Ich brauche unbedingt noch den schicken Fensterschmuck!" Mit diesen Worten warf sie sich unversehens ins Getümmel, weil sie vorhin einen Stand mit dem schon seit langem gesuchten Fensterschmuck entdeckt hatte. Etwas überrumpelt schauten die anderen ihr hinterher, aber nicht lange, denn schon war sie ihren Blicken entschwunden. Ihr Mann meinte etwas bekümmert: „Na, ob die sich wieder zurückfindet? Sie hat doch Orientierungsschwierigkeiten, wie alle Frauen!" Das rief augenblicklich die Oma Hefemeester auf den Plan, und sie protestierte energisch: „Also, hör mal, für so dumm brauchst du die Frauen nun auch nicht hinstellen! Ihr Männer ... " Sie kam aber nicht weiter, denn da fuhr sie ihr Mann in die Parade: „Also, Hedwig, nun hör mal auf! Ist doch nachgewiesen, dass Frauen sich nicht orientieren können! Oder willst du etwa behaupten, ihr seid ..." Bernd mischte sich ein. Er kennt seine Eltern nur zu gut. Wenn die sich mal in die Haare kriegen, dann wird´s kritisch: „Nun haltet mal Frieden, ja! Wir sind hier auf dem Weihnachtsmarkt." Der Vater sagte nur noch abfällig: „Wir werden ja sehen."

Sein geringschätziges Grinsen brachte seine Frau sichtlich auf die Palme, als sie ihn anblaffte: „Jetzt hör´ auf! Reiß dich zusammen! Was sollen unsere Verwandten aus dem Osten über uns denken? Tu bloß nicht so auf Besserwessi!" Der Rüffel hatte gesessen. Und der Klempnermeister grüßte wieder freundlich hier und da in die Menge hinein.

Die Kinder schmatzten genüsslich Süßigkeiten, beklebten sich Haare und Anorak mit Zuckerwatte, beschmierten sich das Gesicht mit roten, kandidierten Äpfeln. Die Schwiegersöhne versorgten sich noch einmal mit Pferdebockwurst und Bier. Die Frauen waren genervt vom Jammern der übermüdeten Kinder. Der Rummeltaumel war ausgetaumelt. Alle warteten auf die Rückkehr von Oma Schluckebier. Die taumelte immer noch suchend und völlig aufgelöst zwischen den Menschen herum. Die vielen Buden glichen sich. Sie war vollkommen verwirrt. Zusätzlich hielt sie mit Bangen die großen Bögen Fensterschmuck in den Händen. Sie befürchtete, die eng an ihr vorbeidrängelnden Menschen könnten ihr den schönen Fensterschmuck aus der Hand reißen oder zerknautschen. O Schreck! Nun fand sie ihre Lieben nicht wieder. Das machte sie konfus. Sie reckte den Kopf, in der Hoffnung, irgendwo die gelbe Plüschbanane zu sichten. Sie wünschte sich sehnlichst, dass jetzt jemand rufen würde: Reisegruppe Ost! Aber nichts dergleichen geschah. Bald verfluchte sie sich selber, einfach losgegangen zu sein. An nichts konnte sie sich orientieren. Nach Bockwurst roch es hier und dort; nach Glühwein roch es hier und dort. Kinder juchten und kreischten überall. Und die gelben Plüschbananen hingen zu Hauf an den Budendächern. In allen Richtungen wippten und bimmelten die Weihnachtsmannzipfelmützen. Während sie suchend und voller Bangen herumirrte, überlegten die anderen, ob sie ihren Namen über Funk ausrufen lassen sollten, so wie bei einem abhanden gekommenen Kind. Oma Hefemeester riet vorläufig davon ab und schlug vor, dass ihr Mann lieber mit der Plüschbanane winken sollte. Der machte sich wieder seinen Jux und rief laut über die Köpfe der Leute hinweg: „Reisegruppe Ost! Reisegruppe Ost! Hier Reisegruppe Ost!" Dabei flog die Plüschbanane am Stock schwungvoll hin und her. Oma Schluckebier lauschte, blieb stehen, reckte ihren Hals und sah endlich den schwenkenden Arm mit der

Plüschbanane. Hastig schob sie sich auf das westdeutsche Wohlstandssymbol zu und erreichte nach gut einer halben Stunde der Abwesenheit glücksstrahlend ihre Familie. Natürlich musste sie sich einige Vorwürfe anhören. Doch sie wiegelte ab und sagte: „Kommt, auf den Schreck spendiere ich noch einen Glühwein!" Im Stillen gestand sie sich, dass sie nur zum Glühwein einlud, weil sie auf die Porzellantassen für zwei Mark mit der Aufschrift: „BREMER WEIHNNACHTSMARKT 19..." scharf war.

Nur wegen dieser Tassen fuhr sie noch jahrelang zum Bremer Weihnachtsmarkt. Ihre Tassensammlung in allen Farben und von vielen Jahrgängen fand bald keinen Platz mehr in den Schränken. Und so hoffen alle auf einen baldigen Polterabend.

Manfred Haertel

## *Der Bart ist ab*

Weihnachtsmann spielen ist ein anstrengender Job, bei dem man aber auch seinen Spaß haben kann. Vor allem, wenn man in die vor Glanz strahlenden Augen der zu Beschenkenden schaut oder auch in die ängstlichen bei den Kindern mit dem schlechten Gewissen, im Angesicht der fuchtelnden Rute. In jungen Jahren war es für Hans ein kleiner Zuverdienst in Form von Naturalien (Konfekt, Marzipan, Likör). Im Neubaublock zog er von Wohnung zu Wohnung und beglückte die Kinder. Manche freuten sich über den bärtigen Mann im langen, roten Mantel. Die meisten fürchteten sich aber vor ihm und schluchzten bitterlich, wenn die Frage kam: „Warst du auch schön brav?" Sie nickten dann so heftig, dass bald der Kopf abfiel. Mit schlotternder Stimme rasselten sie, ohne Luft zu holen, Gedichtfetzen herunter oder sangen mit piepsiger Stimme: „O, Tannenbaum". Am meisten beglückt waren die Eltern oder Großeltern, die nicht selten mit Tränen der Rührung in den Augen den Auftritt ihrer Sprösslinge verfolgten und in manches ihrer Kinder ohne Zweifel einen Star zu entdecken glaubten, wenn es ohne stecken zu bleiben, ein Gedicht herunterleierte. Ihre große Bewunderung kannte keine Grenzen. Ihr Stolz auf den Filius war riesengroß. Nach jedem seiner Auftritte als Weihnachtsmann bekam Hans einen Eierlikör. In den Hausgemeinschaften des Wohnblocks hatte sich seine Vorliebe für Eierlikör herumgesprochen – zu seinem Leidwesen. Erstens war es ziemlich unbequem, die Weihnachtsmannlarve anzulüften, um den dickflüssigen, klebrigen Schnaps mehr zu schlecken als zu trinken. Meist geschah das in der Küche. Und wenn er Pech hatte, überraschte ihn ein zuvor zitterndes Kind, das dann staunend feststellte: „Das ist ja der Onkel von nebenan – oder über uns – oder unter uns. Kurzum, Hans war nach seinem Genuss von Eierlikör nicht mehr inkognito, was ihn sehr betrübte und vor allem eine große Gefahr für den nächsten Heiligabend bedeutete. Hans war für immer enttarnt oder treffender gesagt, entlarvt. Außerdem blieben die Eierliköre auch nicht ohne Folgen für ihn, der ansonsten ein strikter Abstinenzler war. Die Zunge klebte schon wegen des „Puddings" am Gaumen. Sie wurde aber von Schnaps zu Schnaps auch schwerer. Und im Kopf begann es sich allmählich zu drehen.

Bei der Familie Brölke erlebte Hans sein schlimmstes Desaster. Der dreijährige Flori wollte zwar sein Gedicht nicht aufsagen, was ihm die Oma so mühevoll eingebläut hatte, dafür aber war er brennend neugierig zu erfahren, wie der liebe Weihnachtsmann wirklich aussieht. Er grapschte mit flinker Hand nach dem Gesicht, krallte seine Finger in die Papplarve, riss sie mit der rechten Hand herunter und zerknautschte sie mit beiden Händen dermaßen, dass sie an diesem Heiligabend nicht mehr zu gebrauchen war. Mutter nahm ihm erschüttert und erbost den Rest der Larve aus den Händen und schimpfte: „Du böser Junge!" Während die Erwachsenen noch mit Flori zeterten, beäugte er den Onkel, der unter ihnen wohnte und meinte trocken: „Das ist ja gar nicht der richtige Weihnachtsmann. Das ist ja nur Onkel Hans! Ich will den richtigen Weihnachtsmann haben!" Jetzt brachen die Erwachsenen in ein lautes Gelächter aus. Hans stimmte mit ein. Was blieb ihm in dieser Situation auch anderes übrig, als mit tiefem Groll mitzulachen, obwohl ihm eher zum Heulen war, denn er musste noch zu seiner Nichte und zu seinem Neffen. Ohne entsprechende zünftige Verkleidung ging das aber nicht. Jedoch, er wusste sich zu helfen und setzte sich vor den Spiegel, malte sich mit Tusche ein unverwechselbares Weihnachtsmanngesicht an. Dann schmierte er sich Kittifix um das Kinn und klebte sich viel Watte an. Der Rauschebart war perfekt. Aber der Kleber brannte fürchterlich auf der Haut. Außerdem stieg ihm ein beißender Geruch in die Nase. Schließlich stülpte er sich den übrig gebliebenen Rest der Zipfelmütze aus Krepppapier über und befestigte sie mit einem Gummi. Danach betrachtete er sich höchst selbstzufrieden im Spiegel: „So erkennt mich keiner! Das wirkt verdammt echt!" Seine Mutter bestätigte ihm, dass seine Maskerade tatsächlich umwerfend echt sei. So schwang er sich auf sein Fahrrad, trat kräftig in die Pedalen, denn durch das Malheur war sein weihnachtsdienstlicher Zeitplan durcheinander geraten. Sein weiter Mantel schwebte rechts und links im Fahrtwind. In der Dunkelheit sah Hans fast aus wie Graf Dracula auf dem Fahrrad. Unterwegs traf er auf Leute und hörte immer wieder: „Guckt mal, da strampelt der Weihnachtsmann auf dem Fahrrad!" Und: „Wo hat der denn seinen Schlitten?" Oder: „Hat der aber ´nen vollen Sack!" Frauen kicherten über die Zweideutigkeit. Und Hans überkam hin und wieder eine leichte Gänsehaut, die er sich aber nicht recht erklären konnte. Sie war eben da. Bei Wind und Regen strampelte er sich durch die Stadt, von einem Ende bis zum anderen. Gute sechs Kilometer musste er bewältigen. Der Wind peitschte ihm den Regen ins Gesicht. Der Bart flatterte ihm vor Nase und Augen. Der Sack schwankte auf dem Gepäckträger hin und her. Die rechte Hand mit den klammen Fingern umfasste den Lenker. Mit der linken Hand versuchte er, den Bart vor dem ungestümen, stürmischen Angriff des Windes zu schützen. Als er spürte, dass sich der Sack nach links geneigt hatte, wollte er rasch zupacken. Aber zu spät. Ein Zipfel des Sackes geriet in die Speichen. Es gab einen fürchterlichen Ruck. Das Hinterrad schlitterte über das regennasse, schmierige Straßenpflaster. Der Weihnachtsmann stürzte zu Boden. Während dieses Sturzes löste sich der Wattebart. Von einer starken Windböe ergriffen flog er davon. Hans rappelte sich mit schmerzender Hüfte hoch, rannte hinterher. Erst nach mehreren Metern gelang es ihm, die Flucht des Bartes zu stoppen, indem er im günstigen Moment blitzschnell seinen Fuß darauf setzte. Er hob den Bart auf und steckte ihn in seine Manteltasche. Nette Leute hatten sein Fahrrad bereits aufgehoben und schoben es ihm entgegen. Ein junger Mann frotzelte: „Na, lieber Weihnachtsmann, nun ist der Bart ab! Nischt mehr mit Rute und du ... du ... !" Hans nickte nur kurz und fluchte: „Scheiß Wetter!" Das kleine Mädchen an der Hand des Spötters rief empört: „Der Weihnachtsmann hat Scheiße gesagt!" Etwas beschämt befestigte Hans den Sack und bedankte sich für die Hilfsbereitschaft. Dann trat er wieder kräftig in die Pedalen.

Nach fünfhundert Metern kam er an sein Ziel. Er polterte mit seinen Filzstiefeln laut die Treppen hinauf und pochte laut an die Tür. Der Bruder öffnete: „Mensch, Weihnachtsmann, kommst ja so spät!" Als er dann jedoch den abgekämpften, bartlosen, total aufgelösten Weihnachtsmann vor sich sah, verkniff er sich das Lachen und jeglichen weiteren Vorwurf. Der Regen hatte durch die Tusche das Gesicht des Bruders in eine scheußliche, schreckenerregende Maske verwandelt. So konnte er auf keinen Fall auf die Kinder losgelassen werden, dachte der Bruder und schob Hans still und leise ins Bad. Beide versuchten emsig, Hans´ Aussehen als Weihnachtsmann wieder herzurichten, was dann auch so leidlich gelang. Im Wohnzimmer warten ungeduldig die Nichte und der Neffe. Rieke war vier, Rainer war sechs Jahre alt. Endlich erschien der ersehnte geheimnisvolle Mann mit dem Rauschebart, mit der Rute und mit dem prall gefüllten Geschenkesack. Die Spannung des Abends geriet zum Höhepunkt. Beide Geschwister schmiegten sich verunsichert und verängstigt an den Schoß der Mutter. Mit weit aufgerissenen Augen und stark pochendem Herzen starrten sie in das strenge Gesicht des Weihnachtsmannes. Der Neffe stammelte schon erregt sein Gedicht. Da unterbrach ihn der Weihnachtsmann und sagte mit betont tiefer Stimme: „Hallo! Kinder! Sagt mal Onkel Hansi guten Abend!" Die eigenen Worte klangen wie ein Donnerhallen in seinen Ohren. Hans kroch vor Schreck förmlich in sich zusammen, räusperte sich schnell ein paarmal und sagte dann: „Der Weihnachtsmann kommt aus dem dunklen Wald und bringt den lieben Kindern schöne Geschenke. Wart ihr auch immer schön brav?" Die Spannung des Abends geriet nun doch noch zu einem Fiasko, als der Neffe ein spitzbübisches Lächeln aufsetzte und enttäuscht feststellte: „O N K E L   H A N S! Du bist der Weihnachtsmann?" Rieke wollte sich aber den Glauben an den lieben Weihnachtsmann nicht nehmen lassen und so herrschte sie ihren Bruder an: „Das ist der Weihnachtsmann und nicht Onkel Hans, du Blödmann!" Der Weihnachtsmann Onkel Hansi holte schnell die Geschenke aus dem Sack. Rieke sagte eindrucksvoll ihr Gedicht auf. Währenddessen hörte sich Rainer in der Küche eine Moralpredigt der Mutter an: „Hör zu! Verdirb deiner Schwester nicht die Freude am Weihnachtsfest! Für sie gibt es noch den Weihnachtsmann. Und das soll so bleiben, so lange sie daran glauben möchte! Klar?" Mit dem Blick nach unten nickte Rainer. Die Einsicht fiel ihm schwer, und so sagte er beim Hinausgehen etwas trotzig: „Onkel Hans hat sich ja selber verplappert!" Kein

Wunder also, als er, um sein Geschenk zu bekommen, ein wenig rachlüsternd aufsagte: „Lieber, guter Weihnachtsmann, ich weiß ja, wer du bist – heute biste Weihnachtsmann, und morgen fährste Mist." Mit einem schelmischen Blick schaute er von unten seinen Onkel Hans in die Augen. Der schüttelte seinen Kopf und entgegnete: „Mein Bursche, sei bloß froh, dass die Prügelstrafe abgeschafft ist!"

Manfred Haertel

## *Die Weihnachts-Pirsch*

Sie brausen die dreihundert Kilometer über die freie Autobahn. Es ist der erste Weihnachtsfeiertag. Zum Festtagsbraten muss die Kreplerfamilie pünktlich bei den Großeltern sein. Wie immer kabbeln sich die beiden Schwestern auf dem Rücksitz. Die neunjährige Judith provoziert ihre sechsjährige Schwester Josi: „Es gibt wirklich keinen echten Weihnachtsmann! Kannste mir glauben!" Josi keift sie zornig an: „Jawohl, es gibt doch einen Weihnachtsmann! Stimmt´s Mama? Stimmt´s Papa? Judith lügt!" Und batsch, batsch klatschen wütende Hände auf den Körper der anderen. Der Papa umklammert das Lenkrad bei hundertachtzig und knurrt zurück: „Haltet Ruhe! Sonst kehren wir um!" Das wollen die beiden natürlich nicht. Aber die Fahrt kommt ihnen heute besonders lang vor. Im Kofferraum sind ihre gebastelten Geschenke für die Großeltern. Dann ist da noch die freudige Neugier auf die zu erwartenden Geschenke, was die beiden zusätzlich außer Rand und Band geraten lässt. Außerdem wollen beide ihre Steckenpferde aus Holz vorführen. Beide sind Pferdenarren und besitzen jeder ein Reitpony – eine „Baronesse" und eine „Lilly". Und überhaupt lieben sie alles, was so kreucht und fleucht, von Spinne über Käfer bis zur Schnecke. Es kann auch gern mal ein Wurm sein, den sie in einer Pappschachtel züchten wollen. Oder eine Fliege, die noch zappelt, wenn sie ihre Flügel unter der Lupe zu studieren versuchen. Kurzum, in ihren Kinderzimmern krabbelt es hier, schnurrt es dort, flattert es hier, quiekt es dort. Es riecht schon sehr penetrant nach Tierheim und Zoo.

Endlich erreichen sie die Auffahrt zum Haus der Großeltern. Ein kurzes Hupen. Schon eilen Oma und Opa hinaus. Josi und Judith sind aufgeregt. Hastig befreien sie sich vom Gurt, laufen zum Kofferraum, öffnen ihn und nehmen die Basteleien heraus, mit denen sie zu den Großeltern stürmen. Josi springt ihrer Oma in die Arme. Judith, die sich immer ein wenig ziert, lässt sich vom

Opa drücken. Sie stehen noch im Frost vor der Haustür, als beide freudestrahlend sagen: „Hier, mein Geschenk für euch!" Beide haben ihr Reitpony gemalt, dazu aus Pappe einen Rahmen gebastelt. Stolz bemerken sie: „Habe ich alles allein gemacht!" Die Großeltern haben kaum Zeit, sich zu bedanken, da flitzen beide auch schon wieder zum Auto, holen ihr Steckenpferd hervor und kommen mit Gewieher und „hüa, hüa!" angeritten.

Zappelig, von Ungeduld geplagt, sitzen die beiden am Mittagstisch. Nicht mal das Kompott will mehr so richtig schmecken. Ihr Sinn steht nach Bescherung. Da können auch die Worte der Erwachsenen: „Nun bleibt mal schön ruhig! Die Bescherung ist gleich!" nichts ausrichten. Und Josi seufzt: „Och, Mensch! Das dauert ja noch so lange!" Dabei windet sie sich langsam vom Stuhl, schlendert in Richtung Wohnzimmer und lugt durch die Glastür. Da steht der wunderschöne Tannenbaum, darunter liegen die Päckchen. Enttäuscht murrt sie: „Da kann man ja gar nichts erkennen. Nur buntes Papier!"

Nach schrecklich langen Minuten des Wartens läutet Opa mit der Bescherungsglocke. Josi stößt etwas zu wild die Tür auf, so dass sie hart gegen den Blumenständer schlägt. Der Blumentopf mit dem Weihnachtsstern wackelt, kippt und landet auf dem Boden. Dazu singt Ivan Rebroff: „Stille Nacht, heilige Nach ... " Still bleibt es aber nicht. Denn Vater Krepler gibt seiner Tochter einen leichten Katzenkopf und raunzt sie an: „Du Tollpatsch machst nur Unfug!" Josi streicht sich verlegen den Hinterkopf und zügelt für einen Augenblick ihr Temperament, ehe sie auf den Tannenbaum zustürzt, sich flink bückt und mit all ihrer angestauten Spannung hervorbringt: „Guckt mal! Eine richtige Reitgerte!" Flugs dreht sie sich um und versetzt ihrer Schwester spaßig ein paar leichte Schläge auf den Po. Judith entdeckt eine zweite Gerte, nimmt diese und versetzt ihrerseits der quirligen Schwester auch ein paar leichte Hiebe. Sofort verfallen beide in tumultartige Rage, die immer heftiger wird und von Spaß in Ernst überzugehen droht, so dass der Papa eingreifen muss: „Nun ist Schluss, ihr Zicken! Gleich heult eine von euch. Hört auf! Sofort!" Nur mühsam können sie ihren Überschwang unterdrücken. Jede bekommt noch ein Nintendospiel, für das sie kaum Interesse zeigen. Viel lieber jagen sie im Galopp mit ihrem Steckenpferd und der Gerte flott durch das Zimmer. Oma besteht darauf, dass sie die Unterwäschegarnitur sofort anprobieren. Da hilft kein Protestieren. Oma muss wissen, ob Hemd und Schlüpfer passen. Widerwillig legen beide Steckenpferd und Gerte aus der Hand, ziehen ihre Kleidung vom schwitzenden Körper und schlüpfen in die Unterwäsche. Alles passt. Oma ist zufrieden. Nun können beide in rosa Unterwäsche ihr Reitturnier fortsetzen. Möbel werden gerückt. Stühle und Hocker sind die Hürden. Im Wechsel kündigen sie sich mit gedachtem Mikrofon an. Die Erwachsenen sind die Zuschauer. Opa muss ihr Lieblingslied auflegen. Und immer wieder muss er die Stelle vom Russischen Schlittenlied spielen, wo Ivan Rebroff singt: „ ... darum Pferdchen lauf geschwind, lauf geschwind, schnell wie der Wind, nimm die Beinchen in die Höhe , in der Hütte liegt das Kind ... " Puterrot und völlig außer Puste lassen sich beide auf den Boden fallen. Doch das Reitturnier ist längst nicht zu Ende. Die Erwachsenen klatschen Beifall, sobald eine Reiterin den Parcours aus Sessel, Stuhl und Hocker absolviert hat, wobei Vater Krepler die Zeit stoppen muss. Es wird ein Abend füllendes Programm und für Kinder und Erwachsene fast eine Strapaze. Die Oma ist es, die für eine Ruhepause sorgt. Sie sagt geheimnisvoll lächelnd: „Hier ist ja noch ein Geschenk für euch." Und sie hält beiden einen Briefumschlag hin. Wieder ist Josi die erste, die zugrapscht, das Kuvert auseinanderreißt und auf einen Zettel schaut, auf dem ein Jägerhut, eine Flinte und ein Dackel gemalt sind. Darunter steht: „Einladung zu einer zünftigen Weihnachts-Pirsch am zweiten Weihnachtsfeiertag, Beginn um 9.00 Uhr. Jäger Bodo." Josi versucht, laut vorzulesen. Judith ist geübter und schneller. Das ärgert Josi. Sie knufft ihre Schwester und brüllt sie an: „Ich will das vorlesen! Das ist mein Geschenk!" Judith pufft zurück: „Olle Zicke! Kannst ja noch gar nicht lesen!" So geht der Tag der Bescherung zu Ende. Völlig aufgekratzt und ziemlich erschöpft gehen beide zu Bett. Aber sie liegen noch lange wach. Der Gedanke an die Weihnachts-Pirsch lässt sie nicht schlafen.

In wundersamsten Träumen entschweben beide in ihre kindliche Fantasiewelt. Josi reitet auf dem Rücken von Rudolph, dem weltbekannten Rentier, durch verschneite Wälder oder saust auf dem Weihnachtsmannschlitten an Sternen vorbei zum Nordpol.

Judith beobachtet Löwen bei einer Safari. Sie träumt, wie sie ein Löwenbaby mit der Flasche groß zieht. Dann wieder sieht sie sich auf einem Elefantenrücken durch die Savanne schaukeln. Die Realität ist der Wecker, den sie sich schon zu um sechs gestellt haben. Trotz der schlaflosen Nacht, springen beide blitzschnell und hellwach aus dem Bett. Im Haus ist es noch merkwürdig still. Das beunruhigt sie, denn sie wollen pünktlich sein. Dass sie noch drei Stunden Zeit haben und der Jäger nur wenige Kilometer entfernt im Nachbardorf wohnt, beruhigt die beiden auch nicht. Sie wollen auf Pirsch gehen, Tiere sehen, vielleicht eins fangen, vielleicht eins streicheln. Jedenfalls wartet der Jäger auf sie. Zähne putzen, Katzenwäsche, Haare kämmen. All das flutscht heute nur so. Keiner muss sie antreiben, keiner muss mit ihnen wie sonst rumzackerieren. Und selbst unter ihnen gibt es heute früh keinen Zickenalarm. Sie packen Lebkuchenherzen und Trinkpäckchen in einen kleinen Rucksack. Zum Frühstücken haben sie verständlicherweise keinen Appetit.

Da noch immer kein Erwachsener erschienen ist, schleichen sie sich ins Schlafzimmer der Großeltern. Der Opa schnarcht noch seelenruhig vor sich hin. „Ob der verschlafen hat?" flüstert Josi und rüttelt schon an seinem Arm. Opa schnarcht mehrmals kurz und abgehackt, schreckt dann hoch und fragt: „Was ist? Brennt´s irgendwo?" Er ist bei der Freiwilligen Feuerwehr und denkt immer gleich an Flammen, wenn man ihn aus festem Schlaf reißt. Josi rüttelt ihn noch hartnäckiger: „Wir müssen doch zur Pirsch, Opa! Der Jäger wartet!" Opa schaut auf die Uhr und schimpft: „Ihr seid doch verrückt! Viertel sieben! Ist ja noch Nachtschlaf! Um neun ist Treffen. Schert euch noch mal ins Bett!" Nun wird auch die Oma wach. Schlaftrunken fragt sie: „Was macht ihr denn schon für Krach? Draußen ist es ja noch stockdunkel. Legt euch noch mal hin!" Sie dreht sich auf die Seite. Wie bedeppert stehen Josi und Judith da. Ihre Schlussfolgerung: Man will ihnen die Pirsch nicht gönnen. Und von wegen, sich wieder ins Bett legen. Judith sagt: „Da haben die sich aber geschnitten. Wir sollen wohl die Pirsch verschlafen? Ich nicht!" Josi stimmt ihr zu. Und so begeben sich beide ins Wohnzimmer und schalten sich den Fernseher ein. Kinderfrühprogramm.

Die Erwachsenen schleichen geräuschlos durch das Haus, meiden das Wohnzimmer. Vor dem Fernseher sitzen die beiden Mädchen schlafend und dicht aneinander gekuschelt auf der Couch. In ihren Händen die Einladung zur Weihnachts-Pirsch. Kurz nach halb neun weckt der Opa sie sanft: „Hallo Mädchen, der Jäger wartet!" Josi und Judith schauen ihren Opa verwirrt an. Im Nu ist die Müdigkeit abgeschüttelt. Da sie schon im Anorak auf der Couch sitzen, stehen sie bald an der Tür bereit. Ein angenehmes Kribbeln geht durch ihre Körper. Sie spüren, dass ihr Herz schneller als sonst schlägt, dass ihr Gesicht vor lauter Erregung glüht. Eilig hüpfen sie in Opas Auto. Der gibt Gas, und ab geht es zum großen Abenteuer.

Sie halten vor einem Haus, das von Tannen umgeben ist, die höher sind als das Haus. Mit seinen Fensterläden und den kleinen Fenstern mit den vielen Streben wirkt es wie ein Hexenhaus. Die tief stehende Sonne wirft lange Schatten, so dass alles herum irgendwie gespenstisch wirkt. Josi drückt sich dicht an Opa, als sie zu der schweren, eichenen Tür gehen. Aus einem Zwinger dringt Hundegebell. Der Opa klingelt kurz. Schwere Schritte nähern sich auf knarrenden Dielen. Gebannt schauen Josi und Judith auf die Tür, die in verrosteten Scharnieren hängt und sich mit mörderischem Quietschen und Stöhnen langsam öffnet. Heraus tritt ein Mann, der viel größer als der Opa ist und aussieht wie ein uriger Waldgeist. Auf dem Kopf eine riesige Fuchsfellmütze, von der noch der Fuchsschwanz nach vorn über die linke Schulter hängt. Ein mächtiger Rauschebart von mindestens zwanzig Zentimeter Länge verdeckt fast das ganze Gesicht.

An beiden Seiten pressen sich die Mädchen fest an den Opa. Während die Männer sich begrüßen, mustern die beiden den Jäger in seiner Jägerkleidung. Alles in grün. Dicker Pullover unter einer Weste mit vielen Taschen. Die Hose in dicke Wollkniestrümpfe gesteckt. Darüber herunter gekrempelte Wollstrümpfe, die verhindern sollen, dass Schnee in die derben, festen, hohen Schuhe gelangt. In seinen Händen hält er ein großes Fernglas. Hinter Brillengläsern blicken graugrüne Augen gutmütig auf sie herab, als er mit dunkler Stimme sagt: „Frohe Weihnachten die Damen! Ihr seid also die Tierliebhaber, die unbedingt mal Tiere in der Wildbahn erleben möchten. Ich bin Onkel Bodo." Er reicht ihnen seine große, derbe Hand, die beide nur zögerlich berühren. So richtig anfreunden können sie sich mit diesem Waldschrat noch nicht. Als er aber seinen Rauhaarteckel Bastel aus dem Zwinger holt, diesen zur Begrüßung auf die Hinterpfoten stellt, da haben die beiden ihre Scheu augenblicklich verloren. Sofort knien sie vor dem Hund, schütteln ihm die ausgestreckte Pfote und streicheln sein struppiges, drahtiges Fell, während er freudig mit seinem Schwanz wedelt.

In einem alten, klapprigen Jeep mit zerschlissenen Sitzen und von Bastel zerrupften Türverkleidungen, in dem es nach Reh, Hund und Wildschwein riecht, geht es zunächst durchs Dorf, dann zu den Apfelplantagen, an denen sich der Wald anschließt. Als sie bei der Plantage aussteigen, fällt den Mädchen auf, dass der Jäger und ihr Opa eine seltsame, merkwürdig ernste Miene aufgesetzt haben, so als geschähe etwas Unerwartetes, etwas Schlimmes, etwas Schauderhaftes. Jedenfalls steigt die Spannung deutlich an. Die Erregung nimmt noch zu, als der Jäger nach ein paar Schritten abrupt stehen bleibt, seinen Hals reckt, die Pelzmütze von den Ohren lüftet und „Pst! Pst!" macht. Mit seinem Fernglas hält er in alle Richtungen angestrengt Ausschau. Josi und Judith wagen kaum zu atmen. Ganz sachte und äußerst leise setzen sie ihre Schritte in den knirschenden Schnee. Sie lauschen angestrengt. Ihr Herz pocht bis zum Hals. Plötzlich schreit Josi laut auf: „Blut! Da ist Blut!" Wie versteinert bleiben die Mädchen stehen und schauen entsetzt auf das viele Blut im Schnee, das sich in einer Spur durch das Gestrüpp in den Wald hinzieht.

Mit einer fürchterlich verzerrten Grimasse bemerkt Jäger Bodo: „Ein Wilderer! Hier ist ein Wilderer am Werk. Den müssen wir aufspüren! Dem müssen wir das böse Handwerk legen!" Das sind Worte, die Josi so richtig in Action versetzen. Schon inspiziert sie den Tatort. Unerschrocken stellt sie fest: „Das Blut könnte sogar von einem Bären sein. Mit einem großen Gewehr hat der Böse den Bären abgeschossen! Bestimmt! So viel Blut hat nur ein Bär!" Judith, die aus einiger Entfernung das Blut betrachtet, meint: „Du Dumme, hier gibt es keine Bären! Vielleicht noch ein Grislibär?" verhöhnt sie die Schwester. Aber Josi lässt sich nicht beirren und reagiert prompt: „Warum nicht? Ein Grislibär kann sich auch mal verlaufen!" Aufgeregt läuft Bastel kreuz und quer, schnüffelt hier, schnüffelt dort und gibt ab und zu ein drohendes Bellen von sich. „Der hat bestimmt eine Spur gewittert!" sagt Judith. Nun ist auch ihr Interesse am Aufdecken eines schlimmen Verbrechens geweckt.

Etwas abseits stehen die Männer und schmunzeln leise vor sich hin. „Tja!" sagt Jäger Bodo, „diesen Wilddieb müssen wir zur Strecke bringen! So oder so! Der richtet großen Schaden an ... " Judith fügt hinzu: „Außerdem tötet er die armen Tiere. Vielleicht nur so aus Spaß? Wir müssen ihn festnehmen!" Angespornt vom Gedanken, eine gute Tat zu vollbringen und Retter der Tiere des Waldes zu sein, beginnen die Mädchen die Hatz. Vorne weg Bastel, der oftmals gar nicht mehr zu sehen ist. Nur sein lautes Bellen ist hin und wieder zu hören. Also jagen sie mutig und atemlos seinem Bellen und den Blutspuren nach. Die Männer folgen ihnen, bleiben hin und wieder stehen und gönnen sich einen guten Schluck *Jägermeister*. Plötzlich ein lautes Büchsenknallen. Erschrocken bleiben die Mädchen stehen, drehen sich hilflos nach den Männern um. Josi kommt zurückgepprescht. Ihre Stimme überschlägt sich: „Da, da, da ha...ha...hat ei...einer geschossen! Der Wilderer tötet wieder! Bestimmt hat er Bastel abgeschossen?!" Auch Judith kommt angelaufen, gestikuliert aufgeregt mit den Armen und Händen: „Der knallt einfach die armen Tiere ab!" Nun kommt auch Bastel angestobt. Erleichtert nimmt ihn Judith auf den Arm und drückt ihn fest an sich. Aber Bastel will nicht gekost werden. Seine Pflicht ist es, sein Herrchen auf die besagte Spur zu bringen. Die Blutstropfen führen in den Wald. Eile ist geboten, will man den Wilderer ertappen. An einem Hochstand verschnaufen die Verfolger. „Da möchte ich mal rauf!" sagt Josi und steigt sofort die ersten Leitersprossen hinauf. Judith folgt ihr sofort. Sie meint: „Von da oben kann man den Wilderer besser entdecken." Bald stehen alle vier auf dem Hochstand. Das Fernglas wird auf Kinderaugen eingestellt. Josi darf zuerst durch das Fernglas schauen. Begeistert ruft sie aus: „Da kann man ja weit gucken! Alles sieht sooo groß aus. Da! Ich sehe Rehe! Ein ganzes Rudel!" Sie ist über ihre Entdeckung verzückt und weigert sich, das Fernglas an Judith weiterzureichen. Wie immer beginnt ein heftiger Streit. Beide zerren am Fernglas. Noch ehe einer der Männer eingreifen kann, fliegt das Fernglas über die Brüstung und landet dicht neben Bastels Kopf im Moos. Erschrocken schauen beide Jäger Bodo an, der ein bitterböses Gesicht zieht. Seine Augen werden zu einem schmalen Schlitz, als er sagt: „Na, da werden wir den Wilderer wohl nie zur Strecke bringen. Mit solch zänkischen Weibern schaffe ich das nie!" Sie stammeln sich verlegen eine Entschuldigung ab. Indessen hat Opa das unbeschädigte Fernglas wieder hoch geholt. Nun darf noch Judith ihren Blick schweifen lassen. Leider sind die Rehe bereits auf und davon. Wieder knallen Schüsse. Diesmal viel dichter als zuvor. Flink klettern sie die Leiter hinunter, nehmen wieder die Spur auf und folgen unbeirrt Bastel.

Die Spur führt in ein unheimliches Dickicht. Überall ist der Schnee zertrampelt´, ist der Boden aufgewühlt. „Wildschweine!" sagt Judith mit gedämpfter Stimme und spürt keinen Drang weiterzugehen. Josi flüstert: „Die fressen uns. Die sind stark." Plötzlich herrscht eine Totenstille. Nicht einmal das Bellen des Hundes ist zu hören. Ängstlich drehen sie sich um. Niemand ist zu sehen. Opa nicht und Jäger Bodo nicht. Plötzlich klammern sich die Schwestern aneinander. Ihre Körper verschmelzen zu einem bebenden Körper. „Wo sind die?" zischelt Judith. „Vielleicht von Wildschweinen angefallen?" flüstert Josi zurück. „Den Bastel hat bestimmt der Keiler aufgespießt. Mir ist ganz unheimlich", raunt Judith der Schwester zu. Und donnernd grollt ein Schuss über sie hinweg. „Der Wilderer!" fährt Josi erschrocken zusammen. „Ganz in der Nähe!" wispert Judith und drückt sich fester an Josi. Unsichtbar, hinter dichtem Gesträuch stehen der Opa und der Jäger und belächeln die beiden, wie sie von Angst gepeinigt jegliche Rivalität vergessen, sich gegenseitig Mut machen und sich beschützen wollen. Sogar Bastel ist mucksmäuschen still und hat bei seinem Herrchen Platz gemacht. „Komm, wir gehen zurück!"

sagt Judith. Aber Josi möchte keinen Schritt machen. Doch Judith zieht sie an der Hand hinter sich her. Endlich, nach einigen Metern erspähen sie Bastel. Er springt hoch und läuft freudig bellend auf sie zu. „Bastel! Bastel!" rufen die Mädchen gleichzeitig und freuen sich, nicht mehr so allein zu sein. „Wo ist Opa?" fragt Josi den Hund. Sofort macht Bastel kehrt und springt davon. Josi und Judith eilen ihm hinterher. Kurz darauf treffen sie auf die beiden Männer. „Opa, Opa, wo wart ihr?" läuft Josi auf ihren Opa zu und springt ihm in die Arme. „Och", antwortet der Opa ausweichend, „wir haben nur mal Spuren gelesen." Und er zeigt auf mehrere unterschiedliche Abdrücke im Schnee. Interessiert betrachten Josi und Judith die mehr oder weniger tiefen Eindrücke im Schnee. Jäger Bodo hockt sich nieder, umreißt mit dem Zeigefinger die Abdrücke von Tatzen und Hufen. „Hier sind Füchse, Rehe und Wildschweine gelaufen. Deutlich ist das zu erkennen an ... " Ausführlich beschreibt er jene Merkmale, die die Spuren voneinander unterscheiden. Allmählich weicht die vorher erlebte panische Angst von den Mädchen. Gebannt hören sie zu, als der Jägersmann erläutert: „Das sind Fuchsspuren." Dann verfolgen sie die Fuchsspuren. Wilderer und Blutspur sind plötzlich vergessen. Die Spur führt in eine Schonung. Josi, wieder mutig geworden, läuft vorweg. Zweige der jungen Kiefern kitzeln ihr Gesicht. Irgendwo muss ja der Fuchsbau sein! sagt sie sich und will ihn als Erster entdecken. Und tatsächlich! Ein frisch aufgeworfener, weißer Sandhaufen verrät das Versteck von Fuchs Reinicke. Darunter führt eine dunkle Öffnung im Durchmesser von etwa zwanzig Zentimetern in die Erde. Josi beugt sich nach unten und ruft in den Bau hinein: „Hallo, Herr Fuchs! Wir sind da! Josi und Judith! Hallo! Komm mal raus!" Aber der schlaue Fuchs bleibt lieber im sicheren Bau, denn Bastel steckt ebenfalls seine neugierige Schnüffelnase in das Loch und wackelt aufgeregt mit dem Schwanz.

Jäger Bodo erinnert an die Blutspur und mahnt zur Eile: „Vielleicht ist es aber auch die Spur eines verletzten Rehs, das Hilfe braucht?" Sofort suchen sie die Blutspur und nehmen die Fährte wieder auf. Nur Bastel scheint sich für diese Blutspur nicht mehr sonderlich zu interessieren. Er hebt gelangweilt an diesem oder jenem Baum sein Bein und markiert mit seinem Duft sein Revier.

„Mann! Muss der aber viel pullern!" bemerkt Josi nachdenklich. Der Jäger klärt sie über Bastels häufiges Beinheben auf. Auf einer Lichtung erblicken sie eine Rotte Wildschweine, die grunzend unter dem Schnee nach Fressbarem sucht. In respektvollem Abstand beobachten sie das Borstenvieh. Jäger Bodo flüstert leise: „Dort habe ich gestern Maiskörner und Mohrrüben hingeschüttet. Im Winter finden sie kaum Futter."

Hier beweist sich, dass ein Jagdhund seinem Herrn unbedingt gehorsam sein muss. Allzu gern würde Bastel jetzt wie wild und mit fürchterlichem Gebell auf die Wildschweine zupreschen. Jedoch, auf Kommando liegt er flach auf dem Bauch. Nur sein scharfer Blick hat die Tiere ins Auge gefasst. Ohne Befehl seines Herrchens würde er sich nicht von der Stelle rühren. Dieser unbedingte Gehorsam beeindruckt Josi und Judith sehr. Und ihr Opa kann sich eine Bemerkung nicht verkneifen: „Da könnt ihr euch eine Scheibe abschneiden, wie der Bastel so pariert, was?" Etwas beschämt nicken die Mädchen.

Lautlos, ohne die Wildschweine zu stören, ziehen sie sich von der Lichtung zurück und verfolgen weiter die geheimnisvolle Blutspur. Hin und wieder treffen sie auf Spuren im Schnee. Jäger Bodo fragt jedesmal: „Na, von welchem Tier stammen die Abdrücke, he?" Judith landet meist einen richtigen Treffer. Josi verwechselt noch Krähenfüße mit Fuchspfoten. Ehrgeizig sind aber beide, sich die unterschiedlichen Abdrücke einzuprägen. Im Schulunterricht kann ich dann mit meinem Wissen vor den anderen glänzen! denken sich beide. Das tolle Erlebnis einer Pirsch mit einem echten Jäger und mit einem echten Jagdhund, das ist schon was, denkt Judith, als sie auf einem schmalen, verschneiten Waldweg gehen und Bastel wie angestochen davon jagt. „Was ist nun wieder?" fragt sie Jäger Bodo, bleibt stehen und dreht sich um. „Ach", erwidert Bodo, „geh mal ruhig weiter. Ist nichts Besonderes. Bastel kommt schon zurück!" Schon schlägt sein Gebell an ihre Ohren. Dieses Gebell klingt aber anders als sonst. Er hat bestimmt kein Wild aufgespürt, denkt sie, es klingt so fröhlich und freudig, so, als begrüße er alte Bekannte, die ihn freundlich streicheln. Nach der nächsten Biegung öffnet sich der Weg. Leute stehen da bei Glühwein und Kräuterschnaps in fröhlicher Runde. Unter ihnen erkennen sie auch die Oma, die Mutter und den Vater. Ein Pferdeschlitten mit zwei Haflingern davor erwartet sie. Verwundert schauen Josi und Judith den Führer der Pirsch an. Der legt unter seinem dichten Rauschebart ein breites Lächeln auf und verkündet lachend: „Tja, ich habe euch ein bisschen angeführt. Blut war da nicht. Ein wenig rote Farbe. Kein Wilderer, kein verletztes Tier! Wir, Opa und ich wollten unseren Spaß haben." „Ooch, gemein", sagen beide Mädchen enttäuscht. „Alles nur Schwindel!" schimpft Judith und stampft zornig mit dem rechten Fuß auf. Ihre jüngere Schwester tut es ihr gleich. Auch sie faucht: „Bloß Farbe! Gemeinheit! Olle Lügner!" Auch sie stampft ihren Schuh in den Schnee. Zur Versöhnung klopft Jäger Bodo beiden auf die Schulter und sagt: „Erst trinkt ihr einen heißen Kakao, dann rauf auf den Pferdeschlitten und ab mit Glockengeläut zu einer Schlittenfahrt!" Judith staunt: „Wirklich? Wir können mit dem Schlitten fahren?" Josi tätschelt bereits die sanften, rosafarbenen Pferdeschnauzen und ruft verzückt: „Geil! Endlich, was richtig Spaß macht!"

# Inhalt